光文社文庫

文庫書下ろし

にぎやかな星空

日本橋牡丹堂　菓子ばなし(十三)

中島久枝

光　文　社

この作品は光文社文庫のために書下ろされました。

目次

夜《よ》咄《ばなし》の茶事

一

牡丹堂《ぼたんどう》の朝は大福包みからはじまる。

東の空が白むころ、仕事場のかまどではもち米が白い湯気をあげて蒸されている。蒸しあがったもち米を、親方の徹次《てつじ》、その息子の幹太《かんた》、職人の伊佐《いさ》や留助《とめすけ》が交代で餅《もち》につく。

赤えんどう豆を混ぜこんだ、なめらかな白い餅がつきあがれば、いよいよ大福包みである。

あんを丸めるのは幹太と伊佐の女房の小萩《こはぎ》、見習いの清吉《せいきち》の仕事だ。

昨夜炊いて一晩おいて味をなじませたあんを、幹太と小萩が次々と丸めていく。毎日のことだから、秤《はかり》で量らなくても手の感覚で分かっている。ぱっと手でつかみ、手のひらでころがせば、丸いあん玉になる。見習いの清吉は慎重に量りながら、あん玉をつくっていく。

徹次と伊佐は餅であん玉を包む役だ。

こちらも手早い。

一個分の餅を手のひらの上に広げてあん玉をのせ、くるりと手を返すと、もう大福の姿になっている。

留助が餅粉の上で転がし、番重《ばんじゅう》に並べていく。

歯切れよく、もちもちのやわらかな餅と甘い粒あん、ほんのり塩味のえんどう豆がひとつになった豆大福は大人気だ。二百個ほどの豆大福はいつも昼過ぎには売り切ってしまう。

頃合いを見計らって朝餉《あさげ》の用意ができたと須美《すみ》が呼びに来る。

いつもの通り、炊き立ての熱いご飯に味噌汁、いわしなどの煮付けに野菜か芋の煮物、ぬかみそ漬け。全員で膳に向かうのが牡丹堂の流儀である。

「おお、飯だ、飯だ」

留助が声をあげる。

「おいらのお腹がぐうと鳴ったよ」

清吉がお腹を押さえた。ばらばらと仕事場を出た。

徹次が空を見上げて言った。

「おお、季節が変わったな。秋の声が聞こえるぞ」

二十四節気七十二候の第四十一候、天地《てんち》始《はじめて》粛《さむし》。

暑さがおさまり、大気は澄《す》んで空が高くなると、音もはっきりと聞こえるようになるという。

小萩は耳をすませた。

木の枝を渡る風の音、小鳥たちのさえずり、虫の声。

菓子屋はいつも季節のことを考えている。でも、それはともすると、暦《こよみ》をながめて、決まり事を追いかけることになってしまう。

季節は空に大地にある。五感を働かせて、今ここにある季節を感じていなくてはならない。

小萩は徹次からそれを教わった気がした。

日本橋《にほんばし》は江戸の顔。人馬が往来する日本橋を渡った北の橋詰めは江戸の台所、一日千両が動くという魚河岸《うおがし》があり、通りを進んで駿河町《するがちょう》あたりには三井越後屋《みついえちごや》をはじめ、老舗《しにせ》大店《おおだな》が立ち並ぶ。

その少し先にある浮世小路《うきよこうじ》の中ほどに二十一屋《にじゅういちや》という菓子屋がある。菓子屋《くわしや》（九四八）だから足して二十一という洒落《しゃれ》で、のれんに牡丹の花を白く染めぬいているので牡丹堂と呼ぶ人もいる。大きな見世《みせ》とはいえないが、あんがたっぷり入った豆大福はもちろん、羊《よう》羹《かん》、最中《もなか》、茶席菓子などさまざまな菓子を用意している。

二十一屋の主《あるじ》で親方を務めるのは徹次。職人は、徹次の息子の幹太、留助と伊佐。それに昨年、伊佐と所帯を持ったばかりの二十歳の小萩である。

菓子が習いたくて鎌倉《かまくら》のはずれの村からやって来た小萩は、伊佐たちには及ばないものの、なんとか一通りの菓子がつくれるまでになった。小萩庵という看板を出させてもらって、お客の注文を受けている。

ほかには十二歳の清吉、見世と奥の手伝いの須美。

室町《むろまち》の隠居所《いんきょじょ》には二十一屋をはじめた弥兵衛《やへえ》とその女房のお福《ふく》が暮らしている。

風が花の香りを運んで来る午後だった。小萩庵を直枝《なおえ》と名乗る女の客が訪れた。

群青色の細い縞《しま》の着物に苔色の帯をしめていた。機敏そうな細身の体に、長いまつげに縁どられた強い目をしている。

年は三十三で、三年ほど前に大奥を下がって、今は日本橋で茶道と茶花《ちゃばな》を教えていると言った。

いつものように見世の奥の三畳に案内した。おかみだったお福が隠居する前は「おかみさんの大奥」と呼ばれた部屋で、日当たりがよく、小さいながらも庭がある。ゆっくりと、落ち着いて話を聞くことができるのだ。

「三人のお客さまを招いて今月十七日に夜咄の茶会を開きます。そのときの菓子をお願いしたいのです」

「夜咄……ですか」

小萩は繰り返した。

夜咄というのは、冬の夜長を楽しむ茶事のことだ。冬至《とうじ》の前後に行われることが多いと聞いた。

「いえ、今回の夜咄は正式なものではありません。わたくしがお茶を教えている方々は、ご近所の商家のお内儀《かみ》がほとんどです。いつもは昼間、お稽古をしていらっしゃるのですが、たまには夜、出かけたいというお話がありました。お茶の稽古だというと家を出やすいんだそうです。それなら、夜咄という茶事がありますよと申し上げたら、みなさん、それがいい、それをやりたいとおっしゃって」

直枝は楽しそうに微笑《ほほえ》んだ。

「十七日は立待月《たちまちづき》です。十五夜の満月のように元気いっぱいでもないし、半月になるまではまだ間がある。わたくしたちには丁度良い月ではないかと思います」

若くはないけれど、中年とも呼ばれたくない。そんな年頃のお内儀にふさわしい時ということか。

「懐石もご用意されるのですか?」

「料理は一汁二菜の簡単なものですけれど、わたくしがいたします。女の方はお菓子を楽しみにしていらっしゃるので、主菓子と干菓子を多めにご用意したいと思うのです。こちらのお見世のことは茶人《ちゃじん》の霜崖《そうがい》さまから教えていただきました」

霜崖は牡丹堂が懇意にしている茶人である。

日本橋の大店の主だったが隠居してから茶室をつくり、本格的に茶道をはじめた。めきめきと力をつけ、日本橋界隈では名の通った茶人のひとりになっている。直枝は霜崖たち茶人にたのまれ、茶花を入れているのだろう。

「お菓子はどのようなものをご希望でしょうか」

小萩はたずねた。

「お菓子も華美なものよりも、小さくてかわいらしく、味わい深い……、たとえば人知れず山辺に咲く野の花のようなものがよろしいかと」

「たとえば、秋の七草とか」

古くは万葉集に収められている山上憶良《やまのうえのおくら》の歌が始まりといわれ、この季節、菓子の題材にもよく採り上げられるものである。

秋の野に咲きたる花を指折《およびを》りかき数ふれば　七種《ななくさ》の花
萩の花、尾花《おばな》、葛花《くずはな》、撫子《なでしこ》の花、女郎花《おみなえし》、また藤袴《ふじばかま》、朝顔《あさがお》の花

朝顔については諸説あるが、桔《き》梗《きょう》を取ることが多い。

「それもよいかと思いますが、わたくしは少し目先を変えて、茶室には霜柱《しもばしら》か草牡丹《くさぼたん》を入れようかと思っています」

「初めて聞く名前ですが、どんな花なのですか？」

「霜柱は白い小さな花が茎の片側だけに並んで咲きます。霜柱という名前は、冬、枯れた茎の根元に霜柱のような氷の塊ができることからついたそうです。草牡丹は淡い藤色の鈴のような、かわいらしい花をつけます」

直枝は楽しそうに語った。

「目立たない花ですけれど。山野草の好きな古い友人が庭に小さな畑をつくって、そうした草花を育てています。わたくしはいつもお世話になっています」

「……そうしますと、お菓子も霜柱や草牡丹にちなんだものがよいでしょうか」

「むしろ、草花から離れていただいたほうがいいのかもしれません。夜咄の茶会はろうそ

くや手燭台の光の中で行います。ですから、色よりも、指でふれたときのやわらかさや歯ざわり、ほのかな香り、口どけの良さのほうが心に残ると思います」

「つまり、秋の声を聞くのですね」

小萩が言うと、直枝は膝を打った。

「おっしゃるとおりです。秋の夜を楽しんでほしいのです」

「なるほど。お客さまの考えているお菓子というものが分かってきました。見世のものとも相談してご用意させていただきます。近くなりましたら、いくつか見本をお届けしたいと思います」

小萩はそのように返事をした。


直枝を見送って見世に戻ると、仕事場から留助が顔を見せた。

「今のお客さん、初めての人？　きれいな人だったよね」

「顔を見たの？」

「見なくっても分かるさぁ。美人は後ろ姿も美人なんだ」

「三年前まで大奥にいらしたんですって」

「じゃあ、御部屋さま？」

留助は興味津々という顔になる。

「まさか、まさか。奥女中だった方。お茶とお花の係ですって。上さまがいついらしてもいいように毎日、いろいろな部屋に花を生けていたそうよ」

「奥女中っていうのは、いじわるなばあさんばっかりかと思っていたけど、そうでもないんだな」

留助は勝手に納得して仕事に戻って行った。

じつは、小萩が考える奥女中というのも似たようなものであった。

鎌倉にいたころ、大奥勤めをしたという人にお茶を習っていたことがある。お点前《てまえ》以前にお辞儀の仕方や襖《ふすま》の開け方、座敷の歩き方を学ぶ。つまりは行儀見習いのようなものである。

姉のお鶴《つる》はすぐに上達したが、小萩は襖の開け方でつまずいて、袱紗《ふくさ》の扱い、茶碗の拭き方など、少し複雑になるといつまで経《た》っても覚えられなかった。

先生はいかに大奥がすばらしく、そこにいる人々が立派であるかと、折にふれて語った。それは自慢話らしかったが、小萩には退屈で、大奥は決まり事の多い窮屈そうな場所に思えた。最後にいただく菓子だけが楽しみだった。

しかし、直枝にはそうした嫌な様子は少しもなかった。人柄が伝わるような穏やかなやわらかい声で話し、内に秘めた強さも感じさせた。

小萩は霜崖に注文の菓子を届けた折、直枝を紹介してくれたことの礼を述べた。

「直枝さんも喜んでいましたよ。こちらも紹介した甲斐がありました。機会があったら、直枝さんの入れた花をご覧なさい。煤竹《すすたけ》に花を一輪、ぽんと入れる。それだけで茶室に季節が訪れる。このごろは、あちこちの茶会に呼ばれて花を入れていますよ」

霜崖は柔和な笑みを浮かべた。

大店の隠居である霜崖は、今や茶道三昧の日々である。隠居所に茶室を設《しつら》え、親しい人を招き、語り、季節の移ろいを愛《め》でている。研究熱心でたずねればなんでも教えてくれる。小萩も霜崖からさまざまなことを教わった。

今回たずねたいのは、もちろん夜咄についてである。

「直枝さまから夜咄の茶事の菓子をと注文をいただきましたが、夜咄の菓子ははじめてなのでお知恵を拝借したいと思いました」

「いやいや、難しいことはないですよ。本来は夜の長い寒い季節、暮れなずむ夕方から深夜にかけて行われるものですが、今回は直枝さんがお弟子さんたちと夜を楽しむ会ですから。手燭台などのわずかな灯《あか》りの中で行いますので、五感が研ぎ澄まされて炭の香り、衣《きぬ》擦《ず》れや虫の声、茶の味わいがくっきりとするとおっしゃる方もいます」

「菓子は小豆色よりも白や明るく淡い色のほうがよいのではと、考えていますが」

「そう、その通り。さすが小萩さん、分かりが早い」

褒められた。

小萩はうれしくなってさらにたずねる。

「直枝さまは大奥にいらした方だとうかがいましたけれど」

「あの方は『お清《きよ》』として花を専門にしていたんですよ。お清というのは、まあ、簡単にいえば、側室でない方のことですよ。上さまの目にとまり、お子を産むのが側室。そうした方々を支え、大奥をまわしているのがお清です」

大奥では一切の仕事を女が担う。力仕事、水仕事はもちろん金銭の管理、人の采配など常なら男が担うことの多い仕事も女たちがこなしている。

「御台《みだい》さま付きの上臈《じょうろう》御年寄《おとしより》や、大奥取り締まりの御年寄となれば、その権勢はすごいものです。大奥取り締まりともなれば、表の老中の人事にまで口出しをすることもあると聞きますから。出入りの商人はもちろん、大名、旗本《はたもと》も盆暮れの挨拶を欠かしませんからね」

霜崖はゆったりと茶を飲みながら、ふふと笑った。

「では、直枝さまも御年寄をめざされていたのでしょうか……」

小萩はたずねた。

「いやいや、出世競争とは無縁だったと思いますよ。ひたすら花を生けて毎日を過ごしたんですよ。もともと心得はあったと聞きましたが、上役の方が熱心でずいぶんと厳しかったそうですよ。なにしろ畑を耕し、温室をつくるところから始められたそうですから」

「まぁ」

「花屋だってそうそう思い通りのものを持って来るとは限らないでしょう。季節に先駆けてほしいということもあるでしょうし。今は山野草が得意な方がお近くにいらっしゃるので、その方にお願いしているそうです。一度、直枝さんの住まいをたずねてみられたらいかがですか。みごとな庭ですよ」

霜崖はそう言って勧めた。

直枝の住まいは日本橋の本石町《ほんごくちょう》通りをずっと奥まで進んだあたりの一軒家だった。もとは一軒だったものを三等分して貸家を建てたのか、路地に面して二軒が立ち、その間に小道があり、入り口に小さく「茶道、茶花教授」の看板があった。

小道の片側には細竹が植えてあり、石畳になっている。趣のある小道を歩いていくと右わきに木戸がある。木戸の向こうは小さいながら庭である。

声がするので木戸の向こうの庭を見ると、直枝が男と話をしていた。藍の仕事着を着て、庭ばさみを手にしているが庭師ではなさそうだ。お武家の髷《まげ》を結っている。

「突然で申し訳ございません。小萩庵からまいりました。夜咄のお菓子のことで少し、お時間をいただけないでしょうか」

声をかけると直枝が振り返った。

「あら、わざわざ恐れいります。今、庭の手入れをしておりました。狭いところですが御覧になりますか。こちらは、わたくしの幼なじみ、吉次郎《よしじろう》さん。草花のことではいつも相談にのっていただいています」

直枝の後ろで吉次郎がかるく会釈をした。

「いやいや、教わるのはこちらのほうです」

日に焼けた顔に人の良さそうな細い目をしていた。

古びてこぢんまりした家の前に細長く庭が広がっている。

手前には一抱えもある萩が薄紫の花をつけていた。その脇の草むらには水引《みずひき》、秋海棠《しゅうかいどう》、野菊《のぎく》が顔をのぞかせ、奥まった先には睡蓮《すいれん》の浮かぶ池があり、とくさが伸びる一角がある。

さまざまな草が茂り、花が咲いているが、それらは人の手によって整えられたものではなく、風によって運ばれた種が自然に芽吹いたかのように見えた。

「すてきなお庭ですねぇ。鎌倉の野原を思い出します」

小萩は声をあげた。

「そう言っていただけると、うれしいわ。でも、手入れなんて大げさなものではないんですよ。思いがけなく大きく育つものもありますし、大切に育てていたのにいつの間にか消えてしまったものもたくさんあります。何年経っても草木を育てるのは難しい」

「ますます難しくなってくる」

直枝の後ろで吉次郎がうなずいた。

「では、中でお話しいたしましょうか」

そう言って直枝が部屋に案内した。吉次郎は帰って行った。

玄関を入ってすぐに小さな座敷があって、そこは待合に使われているらしい。襖を開けると庭に面した明るい八畳間だった。飾り棚のひとつもない部屋で、床の間には煤竹に萩が入っていた。

「お稽古はこちらで致します。茶室があるとよいのですけれど、今はとてもそこまで至りません。夜咄の茶会も、こちらで行おうと思います。みなさまには見慣れた場所ですけれど、灯りを落とすとまったく違って見えますから」

直枝はいたずらな少女のような笑みを浮かべた。

小萩が手土産の饅頭《まんじゅう》を取り出すと、直枝が煎茶を入れた。流れるような動作で急須に茶葉を入れ、湯を注ぐ。しばらく待ってから白い薄手の湯のみに注ぐ。薄緑の水色《すいしょく》がよく映えた。茶の清々《すがすが》しい香りがのどをするりと過ぎていく。

「おいしいお茶ですね。体がきれいになるような気がいたします」

「ありがとうございます。ここはお水がいいんですよ。このあたりを回っている水売りさんのものなんですけれど、やわらかい味がいたします」

直枝は微笑んだ。

「先日もお話しいたしましたけれど、わたくしの生徒さんはほとんどが、このあたりの商家のお内儀さんです。みなさん、ここに来ると、気持ちが洗われるとおっしゃるんです。家のこと、見世のこと、わずらわしいことを全部忘れて、別の世界で遊べると」

「すてきですねぇ」

「その話をしたら、霜崖さんが夜咄の茶会はどうだろうとおっしゃって。考えてみたら殿方は夜、おでかけになりますけれど、ご婦人は夜、家を出ることなど、ほとんどありません。ここは奥まっておりますでしょう。暗くて足元が見えない時には雁行《がんこう》と言って背中に手をおいて一列になって茶室に入る作法があるんです。小さな灯りをいくつかおいて、あの路地をみんなで歩くのも楽しいのではないかと」

「霜崖さんの発案でしたか。あの方らしいですね。あの方は意外に……、こう言ったら失礼かもしれませんが……お茶目です」

以前、芝居の台本が書けなくなった戯作者《げさくしゃ》のための菓子を依頼された。煙草《たばこ》を止《や》めたから書けなくなったと聞いたが、どうやら理由はほかにあるらしい。そこで霜崖を巻き込んで、ちょっとした仕掛けをしたのである。そのとき霜崖は茶室を使わせてくれただけでなく、中心となる役割を引き受けてくれた。

その話をすると、直枝はうれしそうに膝を打って笑った。

「そうなんですよ。今回もせいぜい、おかみさんたちを驚かせ、喜ばせてあげなさいって」

「まぁ」

「大奥におりましたときも、一年に何度か、無礼講というのでしょうか。羽目を外す日があるんです。いつもは厳しい上臈御年寄もこの日ばかりは少女のようにはしゃいで、みんなで楽しみます。ですからね、この夜咄は茶事であるけれど、茶事ではないのです。茶事という名目でふだんできないことをする日です。午後にお稽古でも、夕方近くになるとみなさん帰りのことが気になって、急にそわそわなさいます。夕餉《ゆうげ》の支度などがあるからでしょうね。そういうことを忘れて、ご自分のためのひと時を過ごしていただきたいんです」

「今回の夜咄がどういうものか、よく分かりました。私も楽しみになりました」

「そうですか。それはうれしいわ」

直枝は笑みを浮かべた。

「それで、お菓子のお話ですが、なにかご希望がございますか？　手燭の灯りでいただくのなら、小豆あんではなく、白あんを使って淡い色に仕上げたほうがよいのではと思いました。干菓子なら寒氷や琥珀羹《こはくかん》のようなシャリシャリした歯ざわりも楽しいのではないかと思います」

「寒氷はいいですね。わたくしも好きな菓子です。主菓子はきんとんでお願いできますか。手のひらにのるような小さなものなのに、大きな世界を見せてくれるところが面白い」

きんとんというのは、あん玉の周りにそぼろ状にしたあんをつけたものだ。ころりと丸い、糸玉のような形をしている。

形は同じでも、見せ方によって如何様《いかよう》にでもなるのがきんとんである。

華やかな黄に染めて中央にしべをつければ菊の花。紅や黄を混ぜれば紅葉の嵐山。小さな花一輪から雄大な景色まで表すことができるのだ。森羅万象を描くことのできる菓子ゆえに茶人の心を揺さぶるのである。

「茶花も、一枝で雄大な世界を描くことが理想です。きんとんは茶花に通じると思っています」

「茶花ときんとんの繋《つな》がりを考えたことがありませんでした」

小萩は土壁にかかったあけび籠《かご》の花に目をやった。

垂れ下がるように入れた萩と、すっとのびた白蓼《しろたで》、紅色の小さな花をつけた秋海棠を組み合わせてある。

「萩の花がこんなに清楚で可憐だとは思っていませんでした。私にとって萩は、うるさいほど広がってしまう花というか……」

萩は繁殖力の強い草だ。畑の隅やちょっとした空き地に萩が生え、気づくと一面、萩が広がっていることがある。やぶのようになってしまうので、鎌で刈ったこともあった。

「まぁ、ご自分の名前の花なのに？　それは萩がかわいそう。万葉の時代から、人々は連れ立って萩の花を見に行ったんですよ。小萩さんなんて、すてきなお名前ですよ」

「そう言っていただけると、うれしいのですが」

すっかり打ち解けた小萩は聞きたいと思っていたことをたずねた。

「大奥の暮らしはいかがでしたか？　贅沢で美しいと聞いていますが」

「それはすばらしいところでしたよ。辛《つら》いことはなかったのかとよくたずねられますが、そんなことはありません。だって、あの大奥の美しいお部屋やお庭を毎日見て過ごせるんですもの」

直枝は膝を乗り出した。

「でもね、なんといってもすばらしいのは御台さまです。最初にお見かけした時のことはよく覚えています。失礼になるから顔をあげてはいけないと言われて、人の後ろで、こんなふうにうつむいておりましたのよ。そのうちに御台さまの気配がありまして、わたくしはもう、我慢できなくて、そおっと顔をあげたんです。息が止まるかと思いました。そこだけ光が射《さ》しているんですよ。天女《てんにょ》というのは、こういう方のことを言うのではないかと思いました」

「美しい方なのですね」

「お姿だけではありません。お心持ちもすばらしいのです。その後、直接お言葉をいただくようなこともありましたけれど、最初のあの輝くような美しさはお変わりありません。気品があって、おやさしくて。あれは、あの方の中から溢《あふ》れる美しさです。まっすぐで大きなお心をお持ちなのです」

「まぁ、すばらしい」

小萩は感嘆した。

「大奥の上臈御年寄の中には少し気難しい、頑固な方もいらっしゃいます。けれど、みなさまご自分の役割があって、その仕事に誇りを持っていますから、ていねいにお話しすれば分かるんです。『女が口をはさむな』なんて頭ごなしに叱られることはありません。わたくしのような、はねっかえり者にはとても居心地のいい場所でした。十六で大奥にあがりまして十四年。あっという間でした。父がそろそろ戻って来いと言わなかったら、この先もずっと、おばあさんになるまでおりましたわ」

直枝はそのあとも、さまざまな大奥の暮らしのことを教えてくれた。めずらしく、面白く、小萩はすっかり長居をしてしまった。

牡丹堂に戻ったとき、井戸端で伊佐や幹太、留助が休んでいた。さっそく直枝の話をした。

「直枝さんは大奥勤めをしてきた人なの。今は茶花とお茶を教えているの。入れる茶花はもちろん、人柄も、本当にすてきなのよ」

小萩はすっかり直枝に心を奪われていた。

「じゃあ、将軍にも会ったのか?」

幹太がたずねた。

「それは聞かなかったけれど、御台さまからお言葉をいただいたことがあったそうよ。御台さまは気品があって、おやさしくて天女みたいな方だって言っていたわ」

「だけどさぁ、大奥ってのは、意地悪なばあさんがいて新参の奥女中をいじめるんだろ」

留助がうれしそうにたずねる。

「そんなことはありませんって。仕事のときは一生懸命だけれど、手が空くとお菓子をいただきながらおしゃべりするの。琴や踊り、書の専門の方たちは物識《ものし》りで、知らないことをたくさん教えてもらったそうだし、御部屋さまや上臈御年寄からいただくお菓子は、どれもめずらしくておいしいものなんですって」

「はあ、まぁ、そういうこともあるだろうな」

思ったような話の展開にならないので、留助は少しがっかりした顔になる。

「菓子と茶花は通じるところがあってね……」

きんとんの話になると、幹太も大きくうなずく。

「たしかに一輪の花から、天の川のような大きな世界まで描けてしまうものなぁ。茶花っていうのは、そもそもどういうものなんだ。生け花とは違うんだろ」

「生け花は草花の枝や葉や花を器に美しく飾る技なの。茶花は千利休《せんのりきゅう》の『花は野にあるように』という教えを守って、自然のままに入れることをめざすの。めざすところが全然ちがうのよ。茶花は形にとらわれないことも大切で、昔、太閤秀吉《たいこうひでよし》が千利休を試そうとしたことがあってね」

秀吉は金のたらいに水を入れ、脇に紅梅の枝をおき、花を入れるよう所望した。利休は即座にその梅の枝をたらいの中に逆さに差し込み、花をしごき入れた。花とつぼみが水面に浮かび、一幅の絵のような美しさとなった。

さすがの秀吉も感服し、以来、花びらを水に浮かべることが始まった。

小萩は直枝に聞いたばかりの話を得々として披露した。

「そういうものかぁ。霜崖さんの茶会の仕事に行くと由緒ありげな立派な花器にねこじゃらしとか、まむし草とかが入っていることがあるだろう。面白いなぁと思ってさぁ」

幹太がうなずく。

「そうか。その直枝さんって人は、そういう花を入れているんだな。そうすると、本人も形にとらわれない生き方をめざしているんだろうか」

留助も想像をたくましくしている。

二人が直枝に注目してくれているので、小萩はますますうれしくなった。もっといろいろと話したいことがある。

と、突然、伊佐が少し苛立《いらだ》ったように口を開いた。

「つまり、菓子はきんとんと寒氷なんだな。きんとんは花なのか、景色なのか。寒氷はしゃりを強くするのか、どうなんだ?」

「えっと、だから、それは……」

伊佐の剣幕に小萩はたじろいで、口ごもった。

「なんだ。じゃあ、ただおしゃべりをしてきたのか。肝心のところを聞いてこなかったら、遊びに行っているのと同じだよ」

叱られてしまった。

小萩は頰をふくらませた。

伊佐の言うことはもっともだ。けれど、小萩が面白い、楽しいと思ったことを、もう少しいっしょになって喜んでくれてもいいではないか。

留助や幹太のように……。

伊佐は真面目だ。正しいことを言う。けれど、ときどき窮屈に感じてしまう。

その晩、長屋に戻って夕餉を食べているとき、伊佐が言った。

「小萩庵の仕事を頑張っているのは分かるけれど、二十一屋の仕事を一番に考えないとな。

そうでないと、須美さんや留助さんが気の毒だ。須美さんは今まで小萩がやって来た家の仕事を……料理をつくったり掃除をしたり、見世に立ったり、そういうことを全部ひとりでこなしているんだよ」

「私もできるかぎりは奥の仕事を手伝うようにしているんだけど」

「今日だって、突然、見世が混み出して留助さんが手伝ったんだ。留助さんが見世の仕事を手伝えば、その分、自分の仕事が終わらない。早く帰って、子供の顔を見たいと思っているのは、小萩も知っているじゃないか」

「でも、直枝さんのところに行ったのは菓子をつくる上で必要だと思ったからよ」

菓子のことを決めるのも大事だけれど、その前に直枝の人柄や思いに触れることも必要だ。会って話をすることから始めるのが小萩庵のやり方ではなかったのか。もちろん、少し長居をし過ぎてしまったことはまずかったけれど。

「だから、行くなとは言っていないよ。もう少し、手短に切り上げたほうがよかったと言っているんだ」

「これから気をつけます」

「分かってくれたんならいいけど」

いろいろ言いたいことはあったけれど、小萩は言葉を飲み込んだ。

一日の終わりの夕餉のときに気まずくなりたくなかったからだ。

けれどそのときのもやもやは小萩の心の中に残った。川上屋《かわかみや》の若おかみ、お景《けい》が営んでいる景庵《けいあん》に菓子を届けに行ったとき、その気持ちが言葉になった。

川上屋は日本橋でも指折りの呉服屋である。景庵は、そこの嫁で着ることも商いも好きなお景が出した殿方のための見世だ。知る人ぞ知る小さな見世だが、着物や履物、小物など他の見世とはひと味違う品が揃い、洒落者になれると評判である。

「小萩ちゃん、いいところに来たわ。ちょっと見てくれない？」

お景は煙草盆を引き寄せた。

縦が七寸（約二十一センチ）、横が三寸（約九・一センチ）、高さが五寸（約十五・二センチ）ばかりのつややかな黒漆の四角い箱で、つるを伸ばした朝顔は金蒔絵《きんまきえ》で描かれ、花の部分は青い貝がはめこんである。

「きれいですねぇ」

「でしょう？　あんまりすてきだったから、つい買ってしまったのよ」

お景は吸い口に金をほどこした朱塗りの細い煙管《キセル》を取り出した。

「お景さん、煙管を使うんですか？」

「せっかくだから、あたしもちょっと吸ってみようかなって思って」

少しぎこちない様子で煙草を詰めて火をつけると、気取った様子で口元に寄せた。

「どう？　さまになっている？」

お景は横座りになってしなをつくった。ほっそりとして姿のいいお景を小萩はうっとりと眺めた。

「すてきです。よくお似合いです」

「そうお？　小萩ちゃんにそう言ってもらえると、お世辞でもうれしいわ」

「お世辞じゃないです。浮世絵から出て来たみたいです」

お景はつねに小萩の前を行く人である。

牡丹堂で働くようになったばかりのころ、隣の味噌問屋で働くお絹《きぬ》が、とびっきりお洒落な人がいると教えてくれた。それがお景だ。

まだ肌寒い冬の日、二人で表通りにお景を見に行った。

お景は黒っぽい木綿の着物の襟元と袖口に真っ白な舶来のレエスをあしらい、深紅の帯をしめていた。歩くたびに見える八掛《はっかけ》は夏の海のような明るい青だった。

男も女もほとんどが地味な黒っぽい着物の中で、お景の姿は目を引いた。

お景のために道を空け、振り返ってじろじろと眺める人もいた。けれど、お景はそんなことに少しもかまわず背筋をしゃんと伸ばし、まっすぐ前を見て歩いていた。

これが江戸の女の人か。自分が信じる道を進んでいいんだ。

お景の姿は小萩の心に強く刻まれた。

川上屋は武家や裕福な商人を多く顧客に持つ格式高い見世だったから、姑《しゅうとめ》はお景に腹を立て、番頭たちは困惑した。けれど、お景と同じ着物を着たいという女たちが川上屋を訪れ、話題になった。その後もあれこれあったが、お景は自分を貫き、ついに景庵を出すまでになったのである。

小萩はつい、先日の直枝の話をした。

「私は伊佐さんにそれはすごい、面白いねって言ってほしかったんですよ。それなのに、全然話を聞いていなくて、須美さんや留助さんに迷惑をかけるなって叱られた。私だって申し訳ないなと思っています。だから、小萩庵の仕事がないときは見世にも立つし、仕事場も手伝っているのに……」

「それで小萩ちゃんは少し腹を立てたわけね。……でもね、それは、小萩ちゃん、あなたが悪いわよ。仕事はひとりでするものじゃないし。第一にね、あなた、伊佐さんへの尽くし方が足りないのよ。ご亭主はもっと持ち上げて大事にしないと」

赤い細手の煙管を手にお景は当然という顔で言った。

「そうなんですかぁ」

小萩は目を丸くした。

一体、どの口でそんなことを言うのだ。

日本橋広しといえど、お景ほど思いのままに生きている女はいないと思っているのに。

「世間じゃ、あたしが好き勝手なことをしているって言うけれど、違うのよ。あたしは嫁として、ちゃんと押さえるところは押さえているんだから。できるかぎり時間をつくって川上屋の見世に立ち、お舅《とう》さん、お姑《かあ》さんの助けになるように働くの。うちの人は朝餉は家族全員顔を合わせたいって人でどんなに仕事が立て込んでいても、寄り合いで帰りが遅くなってもちゃんと起きて膳に向かう。だから、あたしも朝、早いのよ。女中たちといっしょにご飯を炊き、味噌汁をつくるの」

「そうだったんですねぇ」

「まあ、あの人は酒に弱いし、うちにいるのが好きだから寄り合いに行っても、話が終わればさっさと帰って来るんだけどね」

女房の余裕を見せてふふと笑う。

――何年経っても、うちの人はあたしに夢中なんだから。

そういう顔である。

「そういえば、景庵は見世を閉めるのも早いですね。夕暮れには見世じまいをしている」

「もちろんよ。子供たちに淋《さび》しい思いをさせてはいけないっていうのはお姑さんの教えだから」

「なるほどねぇ」

「だからね、小萩ちゃん。あなたも早く伊佐さんの勘所を押さえないと」

「それは、どうやったら……」

「それは各々自分で考えることだけど……。たとえばね、見世の仲間に迷惑をかけてはいけないって言われたでしょ。自分の主張は少し控えて、須美さんや留助さんが無理をしていないか気を配らないと。あなた、そういうところが少しのんきだから」

「そうですか？　私、のんきですか？」

「苦労が足りないのよ」

お景に言われてしまった。小萩はお景こそ、苦労知らずの人だと思っていたのに。

牡丹堂に戻ると須美が見世に立ってお客の相手をしていた。

「すみません。台所も忙しいのに。今、交代しますから」

小萩が言うと、須美は笑顔で答えた。

「あら、これも私の仕事でしょ。それに、お客さんの相手をするのは楽しいわ」

お客が次々来て、大福や最中や羊羹、生菓子を買っていく。

「今日、板橋《いたばし》から妹夫婦が来るんだけど、茶菓子はなにがいいだろうねぇ。久しぶりの江戸だって楽しみにしているんだけど」

商家のおかみらしい女が須美にたずねた。

「それは楽しみですねぇ。お年はおいくつぐらいですか」

「妹の亭主は五十、妹はあたしと五つ違いだから四十だね」

「歯切れのいい江戸風の羊羹もおすすめですけれど、女の方には生菓子も喜ばれますよ。こちらの『撫子』はういろうで中は粒あん。『月の出』は煉《ね》り切りです」

「きれいだねぇ。うん、生菓子にしよう。板橋には、こういう贅沢な菓子はないだろうって自慢するんだ」

「まぁ。板橋にもいいお菓子屋さんはありますよ」

須美が笑うと、やわらかな風が吹いたような感じがした。

女からも久しぶりに妹に会うのを楽しみにしているらしい感じが伝わってきた。

須美は短いやり取りの中で、来客のおもてなし用か、贈り物用か、あるいは家族で楽しむためなのかを上手に聞き出す。おもてなし用なら相手の年齢や客との関係などをさりげなくたずね、ふさわしいものを勧めている。

いつものことながら小萩は須美の力に感心してしまった。

小萩庵に夢中になりすぎて、いや、本当をいえば直枝という人に心を奪われて、まわりが少し見えなくなっていたのかもしれない。仕事はひとりでするわけじゃないのだからという、お景の言葉が思い出された。伊佐の注意も今なら、もう少し素直に聞けそうだ。

二

小萩が仕事場の隅で夜咄の菓子についてあれこれ考えていると、幹太がやって来て言った。「おはぎ、夜咄の菓子さ、俺にも手伝わせろよ」

幹太はいまだに小萩のことを「おはぎ」と呼ぶ。

「夜、ろうそくの灯りで食べる菓子なんだろ。面白そうじゃないか。俺、ひとつ、主菓子を考えたんだ」

さらさらと半紙に墨で絵を描いた。

「暗いから形は凝らない。丸とか四角とか分かりやすいやつがいい。色は白だ。で、ちょいと紅を入れる。菓銘はそうだな、『秋声』とか」

ころりと丸いきんとんに墨の線を加えた。

「そぼろは太いもの、細いもの？」

「そうだなぁ。これはちょいと試してみないとな。せっかくなら影を面白く使いたいじゃないか」

幹太は見世から売り物のきんとんをひとつ持ってきた。全体が紫色で木綿糸のように細いそぼろで可憐な野菊の姿を表している。菓子にろうそくの火を近づけたり、遠ざけたりして二人で眺めた。

「細いそぼろも悪くないけれど、太いほうが影が面白いわ」

「そうだな。力強いよな」

小萩はもう少し目の粗いこし器を持って来た。麻糸ほどの太さのそぼろになった。元気よく、あっちを向いたり、こっちを向いたりしている。

「鬼そぼろだ」

幹太は手早くあん玉に植え付けると、声をあげて笑った。

「ねえ、白じゃなくて紅色じゃだめかしら。赤鬼」

「そうかぁ」

「だってね、暗いところって何か、この世ならざるものが潜んでいそうな気がしない？

いつもは隠れているものが現れるの。小鬼とか、天邪鬼《あまのじゃく》とか」

「それは、おばちゃんたちの心に棲《す》んでる意地悪ななにかだな」

「また、そんなことを言って。ともかくこの夜咄の茶会は、茶会だけれど無礼講でもあるの。わずらわしいことからしばし離れて、見知らぬ世界で遊ぶんですって」

そんなことを言い合っていたら、留助が加わった。

「鬼がどうしたって？」

小萩が説明すると、留助は「それって、こういうことか？」と、ごまで黒い目玉をつけた。たちまち、とぼけた顔の妖怪になった。

「おお、伊佐兄《にい》、どう思う？　主菓子が大変なことになっているよ」

幹太が呼んで伊佐もやって来た。

「かわいいけどなぁ。最初の幹太さんの白いきんとんも捨てがたいよ」

「じゃあ、二種類を持って行きます。端正な茶席菓子と楽しいものと」

小萩がまとめた。

「干菓子はどうするんだ？」

幹太がたずねた。

「直枝さんは寒氷が好きだとおっしゃっていました」

寒氷は寒天と砂糖でつくる菓子だ。半透明で表面はしゃりっとして中はやわらかい。口にふくむと、すうっと溶けていく。

「いいなぁ。いかにも美人が好みそうな菓子だ」

留助がうっとりとする。

「美人さんなのか？」

幹太がたずねた。

「そりゃあ、大奥だもの」と留助。

「きれいな方です。きりりとしてやさしくて、でもべたべた甘くはない」

小萩が答える。

「夜咄はいつやるんだ？」と伊佐。

「十七日です。立待月」

「満月に向かう十三夜ではなく、明るい十五夜でもなく、わずかに陰った大人の月だ」

留助が言葉を補う。

「おはぎは考えているものがあるのか」

幹太がたずねる。

「晴れた日の秋の海のように白と薄青を混ぜてみたい」

「じゃあ、二色つくって両方から流すんだな。おはぎは寒氷をつくったことがあるのか？」

「……ひとりでは、まだ」

「難しいものじゃないけど、ちょいとコツがいるんだよな。手伝おうか？」

留助が申し出る。小萩はちらりと伊佐を見た。伊佐の口がへの字になっている。

「でも、そんなことしたら留助さんの帰りが遅くなってしまうでしょ」

「いいよぉ、そんなの。混ぜるところまでやったら帰るからさ」

さっそく鍋にふやかした糸寒天と水を入れて火にかけた。寒天が溶けたらさらし布でこしてから、もう一度火にかけた。

このときの温度が勘所だ。

温度が高いほうが失敗しにくいが、煮詰めすぎると歯ごたえが固くなる。

「箸の先を鍋にちょんと入れて、それを指で触ってみる。沸騰したお湯くらいだな」

留助と同じようにやってみる。かなり熱い。

火からはずしてすりこ木で混ぜる。ゆっくり混ぜていると、すりこ木が重くなり、透明だった液体が少しずつ白くなり、どろりとなった。

「よし、じゃあ、色をつけよう」

幹太が加わった。半量は白いまま、もう半量は薄青に染めた。

「これから先は俺もはじめてだな。木の年輪みたいに渦巻きにしたいのか？　それとも、雲がわいているようなのがいいのか？」

留助がたずねた。

「雲がいい」

小萩が答えた。

「それなら、混ざり始めたところで揺すってみたらどうだ？」

ずっと黙って見ていた伊佐が口をはさんだ。こういう工夫が大好きなのだ。

「箸で混ぜたほうがいいんじゃないのか？」

新しいことをやりたいのは、幹太も同じだ。

「少しずつ足したほうがいいよ」

留助も負けてはいない。

小萩をおいて三人三様の意見が出て、両側から流し入れ、途中で揺すり、うまくいかなかったら箸で混ぜ、さらに上から足すという折衷案となった。

白と薄青の生地を流し缶に流す。

うまく混ざらず、あれこれやっているうちに全体が青色になってしまった。

「なんだ、うまくいかないよ」

「もう一度、最初からやり直してみよう」

「流すときの温度が大事なんだよ。ぐずぐずしていたから固まりはじめたんだ」

三人は小萩のことを忘れてしまったように熱中し、三度もつくり直した。

その様子を見ながら小萩はもやもやしていた。

伊佐は小萩庵の仕事に時間を取られ過ぎると言ったけれど、留助も幹太も楽しそうにしているではないか。

職人たちには、忙しい日々の時間をやりくりして新しい工夫をしてほしい。徹次は小萩庵にその願いをこめたはずだ。

たまには夢中になって、少々帰る時間が遅くなってもよいではないか。

職人としては未熟な小萩は、自分は外から眺めているだけになってしまうのが、残念ではあるけれど。

納得いくものができあがり、翌朝、完全に固まるのを待つことになった。

「おお、すっかり遅くなっちまった。お滝《たき》、怒っているかなぁ」

そう言い置いて、留助は足早に帰り、小萩と伊佐と幹太で後片付けをした。きれいな菓子ができてうれしいのは小萩も同じだ。さっきのもやもやは消えている。

「遅くなってしまったけれど、いいお菓子ができそうね。幹太さんも留助さんも喜んでくれた。明日が楽しみだわ」

帰り道、小萩は言った。

「そうだな。こんな風に新しい菓子を工夫できるのも、小萩庵があるからだな」

伊佐はなんとはなしにうれしそうである。

「ね、そうでしょ。そうよね」

小萩は言葉に力をこめた。


翌朝、寒氷を丸い抜き型で抜いてみると、白と水色がよい塩梅で混じってきれいな菓子になっていた。小萩はあらためて二種類のきんとんをつくり、直枝のところに持って行くことにした。

「俺も行くよ。会ってみたいんだ、その直枝さんっていう人に。茶花のことも聞きたいしさ」

幹太が言った。

「それがいいわ。いろいろ教えてもらいましょうよ」

小萩は直枝のすばらしさを分かってくれる人が増えそうなので、うれしくなった。

「お庭もとってもすてきなのよ。たくさんお花が咲いているの。それが、昔からそこにありましたっていうように自然な姿なの。お茶を入れてくださったんだけれど、それがおいしいの。水がいいんだっておっしゃっていたけど、それだけじゃないわ」

小萩は道すがら、あれこれと直枝のことを語った。

路地から入る小道の前まで来ると、また、一節語りたくなってしまう。

「夜咄のときは、ここに灯りをおいて、みんなで一列になって茶室に向かうんですって。お稽古で通っている道だけれど、きっと特別な場所に見えるからって」

幹太は小萩のおしゃべりを楽しそうに聞いている。

玄関で訪《おとな》うと、「どうぞお入りください」という声が聞こえた。

襖を開けて座敷を見ると、直枝は花を入れているところだった。小萩と幹太は部屋の外に座った。

渋紙の上に古い壺《つぼ》と一抱えもある萩を入れた桶があった。萩は枝を四方八方に広げ、紫の小花を一面につけている。

「花は当日の朝用意するのですけれど、いつも前日に一度、同じように入れてみることにしています」

直枝はそう言って土色の壺を手に取った。下の方は太く、上に向かって細くなっている。

飾りのない、不愛想な壺である。

直枝は桶にあった萩の枝を手に取った。

口を一文字に結び、厳しい表情で見つめている。

中央のあたりにざくりと鋏《はさみ》を入れた。さらに、もう一度。

萩はどんどん小さくなる。

もうこれ以上は無理だというくらいに刈り込むと、無造作に壺に入れ、白い斑《はん》の入った薄《すすき》の葉を添えた。

小萩は小さく声をあげた。小さな一枝の萩なのに秋の野原が見えた気がした。

隣に座る幹太は体を固くして見つめている。

「申し訳ありません。お待たせしてしまいました。どうぞ、お入りください」

直枝はやわらかな眼差《まなざ》しを向けた。

小萩と幹太はにじり寄った。

「あの……、いつも、こんな風にお花を入れるんですか。その……、大きな枝からたった一枝を切り取るというか……」

小萩がたずねた。

「萩の場合はそうですけれど、ほかの花のときは違います。一本だけを大切に使うことも多いですよ」

幹太は心を奪われたように直枝を見つめている。頰が染まり、額に汗をかいている。

「ひとつ……うかがってもいいですか。あの……茶花は、花は一度に何種類くらい使うのですか」

幹太が緊張した様子でたずねた。

「古くは茶花は一色がよいと言われていました。二色も三色も入れるようになったのは古《ふる》田織部《たおりべ》さまからです」

「あの……、一番好きな花はなんですか？」

幹太らしくないありきたりな問いをする。

「難しいご質問ですね。すみれも、桜も好きだけれど……、そうですねぇ、黒百合かしら。百合といっても、山の奥に咲く小さな可憐な花です。濃い紫で光の加減で黒く見えるんです」

直枝は薄手の白い茶碗に煎茶を入れて、二人に勧めた。

「黒百合には秀吉の正妻、北政所《きたのまんどころ》ことおねと側室の淀君《よどぎみ》に関わる話が伝わっているんです。あるとき、富山《とやま》城主であった佐々《さっさ》成政《なりまさ》は立山《たてやま》で採れた一輪の黒百合を北政所に献上しました。北政所はとても喜び、茶会で披露すると決めました」

いち早くこの話を耳にした淀君は、ひそかに使者を立山より近い白山《はくさん》に走らせ、黒百合をたくさん取り寄せた。三日後の茶会に、その黒百合をありふれた雑草とともに生けたのである。

北政所の面目はつぶれ、秀吉は佐々成政が北政所に故意に恥をかかせたと誤解した。

「のちに秀吉は佐々成政を攻め滅ぼすのですが、その因《もと》となったと言う人もいます」

なかなかに恐ろしい話である。

「あら、花の話になるとつい夢中になって申し訳ありません」

直枝はかるく頭を下げた。

「いえいえ、とても興味深いお話でした。今日は見本の菓子をお見せしようと持って来たんです」

小萩が菓子箱の蓋を開けた。

「主菓子のきんとんは二種類あります。白地に紅を入れたものの菓銘は『遠い日』。もうひとつは『あやかし』です」

朱のきんとんは目玉をつけてとぼけた顔をしている。

「あら」

直枝の顔がほころんだ。

「たしかに、暗闇にはこの世ならざるものが潜んでいるような気がしますものね。両方をお願いします。だって、みなさん、甘い物がお好きなの」

喜んでもらえたようなので、うれしくなって干菓子の入った箱を開けた。

「こちらは寒氷で『憧れ』」

「きれいねぇ。牡丹堂さんにお願いしてよかったわ。当日が楽しみです」

直枝はとても喜んでくれた。

帰り道でも小萩はあれこれと直枝の話をしたかったが、なぜか幹太は無口だった。


二日ほど後、直枝に茶を習っているという三人のお内儀が小萩庵にやって来た。

米問屋の女房のお梶《かじ》、足袋屋の女房のおみの、乾物屋の女房のお昌《まさ》である。年はいずれも四十の少し手前。裕福な商家のお内儀らしいよい身なりをしていた。

小萩は奥の三畳に案内した。

「直枝先生がこちらに夜咄のお菓子を注文されたとうかがって、私たちもお願いにあがりました」

背の高いお梶がはきはきとした口ぶりで切り出した。

「どのようなお菓子をご用意いたしましょうか」

小萩がたずねた。

「お二人の心をつなぐ菓子をお願いしたいんです」

ふっくらとした頰のおみのが言った。

「二人……、心をつなぐ……とおっしゃいますと」

「先生には幼なじみのお武家の方がいらっしゃるんです。お城勤めの傍ら庭でたくさんの花を育てていらして、茶人の間ではよく知られた方とうかがっています」

やせて色の黒いお昌が答えた。

「ああ、あのお侍さま」

小萩は直枝をたずねた折、庭で挨拶を交わしたお武家を思い出した。

「お会いになったことがありますか？　だったら話が早い。あの方は吉次郎さんというお名前で鉄砲組の方なんです。禄高はまぁ、格別多いというわけではないのですけれど、あの方は草木がお好きでしょ。とくに栽培の難しい黒百合や富貴蘭《ふうきらん》がお得意でね、上手に花を咲かせるし、増やすこともできるんです。だから懐具合も悪くないんです」

戦のない世の中で鉄砲組の仕事は、すでに名目だけのものになっている。功を立てて出世することはかなわず、俸禄だけでは暮らせないので、多くの者は内職に励んでいる。なかでも、めずらしい山野草は人気が高く、高値で取引されているという。

「旧知の間柄で、年恰好《としかっこう》もちょうどいいし、草花好きでお話も合います。お似合いだと思いませんか?」

「そもそも、直枝先生みたいなすてきな方がおひとりでいるなんて、もったいないわ」

三人がそれぞれに語りだした。

「つまり、そうしますと……」

「ですからね、私たちがおせっかいな仲人になってお二人の背中を押してさしあげようということなんです。長いおつきあいになると、きっかけが難しくなりますでしょ」

「先生から夜咄の茶事のお話が出たときに、これはもう二度とない、絶好の機会だと思ったんですよ。それで、ぜひ、開いてください、お花は吉次郎さまにご用意いただきたいと私たちから、強くお願いしたんです」

ようやく話が見えてきた。

つまり、夜咄は直枝と吉次郎の間を取り持つための茶事なのだ。

そのとき、須美が煎茶と菓子を持って来た。

「こちらのお菓子は、今、できあがったばかりです。お饅頭はおひとつずつどうぞ。生菓子はお好みのものを」

うさぎの姿をした饅頭が三個、ほかに「撫子」、「月の出」、「秋風」という菓銘の生菓子がひとつずつ盆にのっている。

「あらぁ、おいしそう」

「どれにしようかしら。迷ってしまうわねぇ」

「きれいで食べるのがもったいないわ」

たちまち三人の目は菓子に釘付けになった。

「お梶さんから決めてよ」「あら、それじゃあ、悪いわ。おみのさんか、お昌さんが先に選んで」「だめだめ、私は迷うから」というようなやり取りがひとしきりあって、それぞれ好きなものを取る。

その後も、「おいしいわねぇ」「よそでいただくから、いいのよ。家じゃ、こうはいかないわ」「そうよねぇ。腰をおろす暇もないもの」と三人はかしましい。

須美が勧めたお茶のお替わりを飲み終わると、おもむろにお梶が話を切り出した。

「それで、お菓子なんですけれどね、二輪草はどうかしらと思っているんです。お二人はお似合いですよっていう思いをこめて」

「すてきですねぇ。でも、ひとつ、気になることがあって。二輪草は初夏の花なんです……」

小萩は答えた。

「あら、そうでした？」

お昌が声をあげた。

「図があるので、お見せしますね」

小萩は仕事場から植物の図を集めた本を持って来た。黄色いしべと五弁のがく片の可憐な花の姿が描かれ、脇に春から初夏と書いてある。

「季節もだけれど、直枝先生には少しかわいらしすぎないかしら。これは十八、九の娘さんって感じよ」

お梶が言った。

「そうねぇ。もう少し大人の感じで……」

おみのがつぶやく。

「二人《ふたり》静《しずか》っていうのも、あったじゃない？」

お昌が思い出す。

「こちらのお花ですね。季節はやはり春から初夏になりますが」

葉の間から爪の先ほどの白い小さな花をつけた茎が二本、すっと伸びている。

「これが花？　少し地味すぎない？」

おみのの口がへの字になる。

「山野草だもの、ひっそりしているのよ。それにしても名前がいいわよね。義経《よしつね》の愛妾《あいしょう》の静御前《ごぜん》にちなんでいるんでしょ」

お梶が言う。

「特徴ある姿だから直枝先生や吉次郎さんなら、すぐ気づくわね」

お昌が推す。

「そうなのよ。意味に気づいてくれなくちゃ。まぁ、きれいなお菓子だわで終わったら困るの」

「そうそう、肝心なのはそこよ」

「じゃあ、この花でお願いしましょう」

三人の意見がそろった。

「問題は吉次郎さんよね。帰られてしまったら困るもの」

「だったら、吉次郎さんもいっしょに茶会に加わっていただきましょうよ」

「そうね。ぜひ、この機会にお話をうかがいたいということにして」

話はすぐにまとまる。

三人を見送って見世に戻ると、須美がいた。

「ずいぶん楽しそうなお話でしたねぇ。笑い声が廊下まで響いていましたよ」

「三人で先生とある方の仲を取り持とうという企みです」

差しさわりのない程度に説明をすると須美は笑みを浮かべた。

「それは楽しい茶会になりますねぇ」

三

当日、空は厚い雲に覆われていた。小萩と幹太は直枝の家に向かった。

直枝は庭で吉次郎と話をしていた。茶室に飾る花の相談でもしているらしく、白い桔梗の前にいた。鋏を手にした吉次郎が花の前に座ると、直枝が首を傾《かし》げる。吉次郎は別の花を見せる。直枝が何か言い、吉次郎が首を振る。

二人の間には、お梶たちが想像するようなふわふわした甘いものはなく、むしろひとつの目的に向かう仲間の真剣なやり取りが交わされているような気がした。

声をかけると、二人が振り向いた。

「本日はよろしくお願いいたします」

小萩と幹太が挨拶すると、直枝と吉次郎も挨拶を返した。

「今、参りますから先に台所に行っていてください」

直枝は笑みを浮かべた。

台所には手伝いの若い娘がいた。

この日の料理はすでに下ごしらえがしてあり、仕上げればいいようになっている。小萩たちが荷物をといていると、直枝と吉次郎がやって来た。

「今、茶室に飾る花を選んでいたんです。夜咄では生花の代わりに禅僧が使う法具や盆石を使うことが多いけれど、今回は桔梗と水引を使います」

「思ったような花がありましたか？」

小萩がたずねた。

「おかげさまで。どんな花でも上手に入れる方もいらっしゃるけれど、わたくしは高さや花の咲き具合など、あれこれ考えてしまう。こだわりが強いんですよ。悪い癖なんです」

直枝の後ろで吉次郎が先ほどとは違う、楽し気な表情を見せていた。

日が暮れると、三人の女たちがやって来た。雲に覆われて月も星も見えない。小道の入り口で直枝が迎えた。

玄関に向かう小道のあちこちには露地行灯《あんどん》がおかれ、足元を照らしている。

「それでは、参りましょうか」

手燭を手にした直枝が先頭に立ち、お梶、お昌、おみのが一列になって歩き出した。

「すてきね。知らない場所に来たみたい」

お梶が言う。

「私、転びそう。お昌さんの腕につかまってもいい？」

「じゃあ、肩に手をおいたら」

「では、お言葉に甘えて。ふふ。だれかの肩に手をおくなんて久しぶり。……いいわねぇ、あなたは肩が薄くて。私なんか、肉がたっぷりついてしまった」

「あなたは頬がふっくらしているからいいのよ。あたしは頬がこけて顔が老けて見える。朝起きて鏡を見るとぞっとするわ」

三人は小声でしゃべっている。

「口を閉じてください。これからは無言です」

直枝がたしなめると三人のおしゃべりはぴたりと止まった。

三人にとっては通い慣れた細道のはずだが、直枝の手燭と足元の露地行灯がぼんやりと照らすこの日ばかりはまるで違って見える。玄関の灯りを目指し、一歩一歩、踏みしめながら進む。

玄関の戸を開けると、中も薄暗い。藁灰《わらばい》を敷いた火鉢の脇で、直枝からお梶に手燭が渡された。かすかな動きにも火影《ほかげ》が揺らぎ、濃い影が生まれる。女たちは心をつかまれたように、炎を眺めている。

小萩もその様子を物陰から見た。

手燭を頼りに座敷に入り、席につく。

稽古に使っている茶室もろうそくの灯火《ともしび》のみだ。

直枝が薄茶をたてた。

湯のたぎる音、茶筅《ちゃせん》が器にあたるさらさらという音、衣擦れがひびく。

「しみじみとありがたいものですねぇ」

だれにともなく、ひとりがつぶやいた。

「なんていうのかしら、光がね、粒だったように感じるの」

「心が澄んでくるというのかしら」

それぞれ感じたことを言葉にしようとして、探っている。それも、この静かな夜の力なのだろうか。三人は緊張した様子で薄茶をいただいた。

直枝が一旦下がり、暗さに目が慣れてくると、部屋の様子もお互いの顔も見えてくる。

玄関を入ったときの緊張がほぐれて、三人がゆるりとしたのが分かった。

「ほら、お花を見て。桔梗よ」

お昌が肘で隣のおみのをつつく。

「きれいねぇ。凜《りん》として可憐で」

「選んだのは吉次郎さんかしら」

「直枝先生よ。いつもお道具からなにから全部直枝先生がご用意なさるのよ」

「どれも素晴らしいものばかりよねぇ」

三人はこそこそとささやき合う。

襖が開き、直枝が一汁二菜の夜食を運んできた。

向付《むこうづけ》は冷えた体にしみるような温かい湯葉蒸し。

ほおっと、三人からため息がもれた。

続いて折敷《おしき》、香の物、甘鯛《あまだい》を昆布で巻いた椀物、強肴《しいざかな》は芋がらをしょうゆを効かせてくるみで和えたものと。白みそ仕立てのきのこの汁、八寸はえびと紫花豆だ。

最小の灯りだけの裏の台所で、小萩と幹太が菓子の準備をした。その脇で、直枝と手伝いの娘が手際よく器に盛りつけ、頃合いを見計らって客に出している。

小萩が茶室の気配を探ると、女たちは静かに料理を食《は》んでいた。

懐石の後で、吉次郎が末席に加わった。

直枝が再び茶を点《た》てる。ここで菓子だ。

幹太が直前に仕上げた白いきんとんは、もうこれ以上手を加えると、形がくずれてしまうというほどにやわらかい。ろうそくの灯りに照らされて、きんとんが白く浮き上がった。そぼろが濃淡の影をつくり、幾筋か混じった紅がゆらいでいるように見えた。

それは、仕事場で試作したものとは異なる、静謐《せいひつ》な美しさをたたえていた。

幹太はこの台所に着いてから、そぼろの太さと紅の色を予定したものから大きく変えた。幹太はすべて計算して、このきんとんを仕上げたのだろうか。その力、感性は一流の菓子職人である弥兵衛やお葉《よう》から受け継いだものなのだろうか。

「まるで雪ね。溶けてしまう」

菓子を口に運んだおみのが驚いたようにつぶやいた。

「はかなく消えてしまうけれど、ずっと心に残っている」

お昌が軽く目を閉じた。

「なんだろう。涙が出てしまう」

お梶が小さくうなずいた。

二品目の赤い『あやかし』が運ばれると、三人はくすくすと笑い出した。

「これは私たちのことかしら」

「そうよ。絶対そうだわ。先生は私たちのことをよく見ていらっしゃる」

「えいっ」

突然、お昌が黒文字《くろもじ》であやかしを割った。中の小豆あんが露《あら》わになった。それをぱくりと口に入れる。

「まぁ」

直枝が目を丸くする。

「一度やってみたかったの」

お昌が言うと吉次郎が笑い出し、みんなが続いた。

いよいよ干菓子になった。小萩は手元の寒氷を見た。菓銘は「あこがれ」。

この日のものは小萩がつくった。白濁と薄青く透き通ったところが上手に混じり合わず、親方や伊佐、幹太に何度も相談し、つくり直した。手元にあるのは、一番きれいに上手にできたものである。

表面が少しざらついて、波打っている。

口どけは思ったより、なめらかにならなかった。

もちろん、職人としての小萩が気づくぐらいのわずかな点なのだが。

けれど、これが今の自分だと思うことにした。

「ねぇ、これお砂糖でしょ」

おみのがお梶にたずねる。

「そうよ。寒天も入っているけれど」

「分かっている、分かっているんだけれど。ねぇ、やっぱり職人さんってすごいものじゃない」

「そうよね。ちゃんとお菓子だもの」

その言葉を聞いて小萩はうれしくなった。

菓子が夜咄という茶事の中で、求められた役割を果たせたということだからだ。

ゆっくりと時が流れた。

「最後に、私たちからも菓子をご用意いたしました。本日のお礼という気持ちです」

お梶の言葉に直枝は意外そうな顔をした。

「いつもすてきな花をご用意いただく吉次郎さんにもご挨拶したく、無理を言って座っていただきました」

お昌が続けた。

「いや、困りましたなぁ。私は裏方ですから、皆様の前に出て来るような人間ではないのですよ」

そんなことを言いながら吉次郎が入って来た。

小萩が菓子を持って行った。

ゆず味噌をはさんだ軽いもち米種の薄焼きせんべいで、細い二本の茎が寄り添うように伸びた花の姿を描いている。

「あら、これは……、何かしら。二人静のように見えるけれど、季節が違うわ」

直枝が首を傾げた。

「いえ、二人静です。静御前にちなんだ花ですから、先生がお好きではないかと」

お梶が言う。

「以前、この花を入れてくださったことがありました。とても、心に残っています」

おみのが続ける。

「たしか、そのときは吉次郎さんが探してくださったとうかがいましたけれど」

お昌が笑みを浮かべた。

「ああ、そんなことがありましたねぇ。直枝先生の注文はいつも難しいので苦労します」

吉次郎が答えると、三人はうれしそうにうなずいた。

「お二人は昔からのお友達なんでしょう。幼なじみだとうかがいましたけれど」

「同じ手習い所に通っていたんです。もうひとり清十郎《せいじゅうろう》さんという方がいて、三人はいつもいっしょでした。わたくしはお転婆だったので、男の子と遊ぶほうが多かったのです」

「まったく。駆けっこも木登りもかなわなかった。私と清十郎は直枝先生の子分だったんですよ。だから、今でも頭があがらない。直枝先生にあの花を探してくれと言われると、なにがあっても見つけてこなければという気持ちになってしまう」

そう言って吉次郎は三人を笑わせた。

「せっかくの夜咄です。どうぞ、二十一屋さんのお二人もごいっしょしましょう」

直枝が声をかけ、小萩と幹太も座に加わった。

「それで、清十郎さんは今、どうしていらっしゃるんですか」

小萩はなにげなくたずねた。

「亡くなりました。五年前に」

吉次郎が静かな声で答えた。

「わたくしは大奥にいて、そのことを知ったのはこちらに戻って来てからです。お子さまにも恵まれて幸せに暮らしているとばかり思っておりましたので、病を得て、おひとりで亡くなったと聞いて、とても驚きました」

「そうでしたね。私は知っているとばかり思ったから。清十郎はもういないと言った時のあなたの悲しそうな顔が忘れられない」

短い沈黙が流れた。

「どうして清十郎さんといっしょにならなかったんですか？」

幹太がたずねた。その言い方があまりに率直だったので、小萩は少しあわてて、幹太の袖をひいた。

「いいのですよ。今日は夜咄ですから。特別な夜の時間なんです。……じつは清十郎さんには親の決めた許嫁《いいなずけ》がいたんですよ」

直枝がおだやかな声で答えた。

「わたくしは昔から頑固でわがままなんです。これでなくてはだめという気持ちが強いんです。だから、清十郎さんに許嫁がいることを知ったとき、悔しくて腹立たしくてなりませんでした。いっしょになれないのなら、もう、一生、誰とも添うまいと心に決めました。出家して尼になろうと思ったんです。そうしましたら、茶道の先生が大奥にあがるという道もあると教えてくれました。兄がおりましたし、母はわたくしの性格を知っていますから、父を説得してくれました」

小萩は花を入れた床に目をやった。花器は銅の鶴首だ。ふっくらとした丸い胴から上に向かって細く、優美な姿で伸びている。そこに緑の葉をつけた白の桔梗を一輪。脇に水引を添えた。水引は風にそよぐようにやわらかな線を描いている。

加えるものも、引くものもない。

潔いほどにそぎ落とされた姿だった。

これが直枝なのだ。

「清十郎さんに嫁げないなら、一生誰とも添うまい。それが十六歳の春。わたくしの中で時は止まってしまいました。清十郎さんが生きていたら……、年を重ねて貫禄がついて、奥様やお子様との幸せな暮らしをされていたら、わたくしの気持ちも変わったかもしれません。でも、そうはならなかったのです。わたくしの心の中の清十郎さんは若く、凛々《りり》しい姿のままです」

お梶は何か言いたそうに吉次郎の顔を見た。吉次郎はおだやかな目で直枝を見ている。

おみのは小さなため息をついた。お昌の頬が少しふくらんだ。

「でも、そういう生き方はもったいないというか……、お淋しくはないですか？」

「もちろん。わたくしもみなさまのように家族を持ちたいと思うことがあります。子供も好きだから……。でも、二つの道を同時に選ぶことはできないでしょう。結局、わたくしが歩くのはこちらの道なんです。花があって、吉次郎さんのようなよい友達やみなさまのような方々に恵まれていて、それで十分幸せです」

直枝はきっぱりと言い切った。

「吉次郎さんも、それでいいんですか？　なんだか、私にはお二人が……足踏みをしているように思います」

お梶が吉次郎にたずねた。

小萩はずいぶん立ち入った、失礼な問いだと驚いた。けれど、それも夜咄という場なら許されるのか。

「足踏みではありませんよ。今でも私たちは三人なんですよ。直枝さんと私のそばにはいつも清十郎がいるんです。そうだ。さっき、外を見たら雲が晴れて月が出ていた。きれいな立待の月でしたよ。外に出てみませんか」

吉次郎が言い、茶室の外に出た。湿った土と草の香りがした。てんでに腰掛に座ったり、飛び石の上に立って空を眺めた。

黒々とした木立の向こうに群青の空が広がり、さえざえとした明るい月が出ていた。

「直枝先生がこんなに一途に思うのだから、清十郎さんは本当にすてきな方だったんでしょうね」

おみのが言った。

「それはもう。やさしくてまっすぐで……、思いやりがあって」

「まぁ、ご馳走さま。聞くだけ野暮でした」

お昌がおどけて笑う。

「清十郎さんはきっとあの明るい月にいて、直枝先生と吉次郎さんのことを見守っていてくれるのでしょうね」

お梶が感慨深げにつぶやいた。

幹太が食い入るように直枝の顔を見つめている。気づけば幹太はずっと黙っていた。一言もしゃべらず、直枝を見ていた。


何日かして、直枝が牡丹堂にやって来た。

「おかげさまでよい夜咄の茶会となりました。あのあと、お梶さんたち三人がわたくしのところにいらしたんですよ」

――余計なことをしてすみませんでした。先生が、今のままで十分にお幸せなのだとよく分かりました。私たちがお節介をしたばっかりに、お二人が気まずくなったりしないでしょうか、それが心配です。

お梶たちはそう言ったそうだ。

「だから、わたくしもお返事しました。なにも変わりませんよと。この年になって、自分の求める幸せがどういうものか、分かったような気がいたします。世間でいうところの幸せとは少し違うかもしれませんが」

小萩は銅の鶴首の花器に入った白い桔梗を思い出した。少しも無駄のないそぎ落とされた姿は凜として美しかった。

鉢かづき姫の最中

一

見世の脇に植えた芙蓉《ふよう》が薄紅色の花をつけた。

お客が去って、みんなの手の空いた午後のことだ。

「あれぇ、留助さんが字を読んでる」

幹太が驚いたような声をあげた。

「へぇ、めずらしいなぁ」と伊佐。

「清少納言《せいしょうなごん》の『枕草子《まくらのそうし》』でしょ？　どうした風の吹き回しなの？」

須美まで仕事場にやって来た。小萩と清吉も留助を囲んだ。

「なんだよぉ、みんなして。俺だって字ぐらい読むよ。それにさ、これは今、江戸で大流行《おおはや》りの女書家、小川幽貴《おがわゆうき》のものなんだ」

留助が手にした草子をのぞきこむと太くなったり細くなったり、くねくねと折れ曲がり、ときには渦を描き、笑っているような文字があった。

「その小川なんとかという人はだれなんだ？」

伊佐がたずねた。

「だから、書家なんだよ。すごい人気なんだ。見てると楽しい気持ちになるだろう。いいんだよなぁ」

「春は、あけぼの。やうやうしろくなりゆく山ぎは」

小萩は声に出して読んだ。

「春」の字は大きく、目のような点があって伸ばした横棒が手のように広がっている。「やうやう」は屋根に下がったつららから落ちる水滴のようにつながり、「しろく」の「く」の字はうっすらとにじんでいる。

これを文字と呼んでいいのだろうか。

心のまま、筆の進むままに書いたのだろうか。眺めていると情景が浮かんで来る。心地よく、温かく、幸せな気持ちになる。しかも色っぽい。こんな文字ははじめて見た。

「いいわねぇ」

須美が声をあげた。

「な、そうだろう。そう思うだろ」

留助の目がうれしそうだ。

「たしかに面白い」

幹太が言う。

「ねぇ、あとで私にも貸して」

小萩は言った。

「おお、いいぞ。いいぞ」

留助が得意そうな顔になった。

小川幽貴の名前はすでに江戸中に広まっているらしい。

小萩が景庵に注文の菓子を届けると、お景がなにやら筆文字の書かれた着物で出て来た。

「いいでしょう。これが流行りの小川幽貴風」

得意そうな顔をしている。

「なんて書いてあるんですか」

「なにかしらね。いいのよ、読めなくても。文字そのものが面白いんだから。まぁ、そこが本物と違うところなんだけれどね。だから、これはただの模様なの」

「そうですかぁ。でも、お洒落ですよ、とっても」

「本当は本人に書いてもらいたかったのよ。それで版元の金耕堂《きんこうどう》をたずねたんだけど、断られちゃった。次の本に取り掛かっていて忙しいんですって」

金耕堂は洒落本や黄表紙《きびょうし》をたくさん出している地本問屋《じほんどんや》だ。

「うちのお得意さんですよ。耕之進《こうのしん》さんが店主で、晴五郎《せいごろう》さんは番頭さんです」

「あら、そうなの？」

お景の目が輝いた。

「以前、勝代《かつよ》さんと天下無双の鷹一《たかいち》さんが組んで、牡丹堂と夏の菓子対決をしたことがあったじゃないですか。金耕堂さんはあのときの仕掛け人ですよ」

「思い出したわ。うちで陣羽織をつくらせてもらった」

「そうです。あのときからのお付き合いです」

徹次と鷹一は牡丹堂でともに修業した兄弟弟子だ。ここに吉原《よしわら》妓楼の女主の勝代がからみ、金耕堂の晴五郎が盛り上げたので、派手なことの好きな江戸っ子たちの話題を集めた。にぎやかなお祭りならば、衣装も思いっきり派手にして盛り上げようと、お景はどこの武将かと思うような派手な陣羽織を用意した。二十一屋の面々は刺繡入り前掛けをつくってもらった。

勝代が卑怯な手を打ったので後味の悪いものになってしまったが。

「それなら、あなたから頼んでみてよ。どうしても小川幽貴に書いてもらいたいの。やっぱり本物は違うもの。着物がいいけれど掛け軸でもいいわ。なんなら屏風でも。お代はそれなりにご用意いたしますって」

さすがお景である。言うことが大胆だ。

景庵を出て牡丹堂に戻る。

道すがら通り過ぎる人たちを注意して見ると、小川幽貴風の文字の書かれた風呂敷包みや袋を持っている女たちが何人もいた。小川幽貴人気は本物らしい。

牡丹堂に戻ると、しばらくしてやゑと名乗る白髪の女が小萩庵を訪れた。能登屋《のとや》という日本橋でも名のある紙屋の元おかみで、今は谷中《やなか》の別邸でひとりで暮らしているという。年は七十近くと見える。やせた小さな顔にまっすぐな形のいい鼻をしていた。若い頃はさぞやと思う顔立ちである。やゑは背筋をしゃんと伸ばして奥の三畳に座った。

「十日ののちに、菓子を二カ所に届けていただきたい。ひとつは息子の七左衛門《しちざえもん》。もうひとつは孫娘の綾《あや》。『鉢かづき姫』の物語にちなんだ最中で、それぞれ十個ほどお願いしたい。桐箱に入れて紅白の水引をかけておくれ」

はっきりとした大きな声で言った。

「お届け先は息子さんとお孫さん。それぞれ十個ずつでお届けは十日後……。『鉢かづき姫』は、頭にかぶせた鉢が取れなくなってしまったお姫さまのお話のことでしょうか」

「ああ、あの昔ばなしだ」

「鉢かづき姫」は『御伽草子《おとぎぞうし》』にある物語だ。病にかかった母親は亡くなる前、観音様のお告げに従い、姫の頭に鉢をかぶせた。鉢がはずれなくなった姫は父と継母《ままはは》に疎《うと》まれ、川に身を投げた。通りかかった若君に助けられて屋敷に連れて行かれた。

下女として働きはじめるが、ここでも厄介者扱いをされる。だが、姫はやさしく、まっすぐな心を失わない。ある日、蔵にあった琴を弾くと、若君はその音色に心を奪われ、姫を嫁にしたいと言った。両親の反対にあうが鉢が割れ、中にあった財宝が散らばり、美しい姫の姿が現れた。その姿を見た若者の父と母は心変わりし、姫は若君といっしょになり末永く幸せに暮らしたという。

しかし、なぜ鉢かづき姫なのだろう。

やゑはそれについては語らない。

「水引をかけるということはお祝いでしょうか」

小萩は誘いをかけてみる。

「うん、まぁ、お祝いというか、二人にとって大事な日なんだ。覚えているか分からないけど」

思わせぶりな言い方をした。

「『鉢かづき姫』にちなんだ最中というのは、たとえば、最中の皮が鉢の形になっているというようなことで、よろしいでしょうか」

最中皮は専門の見世に注文して焼いてもらっているが、鉢の形はあっただろうかと思いながら、小萩はたずねた。

「三角になっていればそれでいいよ。中は粒あんで財宝にことよせてくるみや干し柿なんかを入れてもらおうか」

やゑはすらすらと答えた。

「掛け紙に『鉢かづき姫にちなんで』などの文字を入れますか？」

「ああ、そうだねぇ。そうしてくれ。どういうことかと二人に聞かれたら、私はこの話が好きで、綾が子供のころ、なんども話して聞かせたからとでも言っておいてもらおうか」

含みのある言い方をする。

そのとき、須美が香りのいい茶とうさぎの姿の薯蕷《じょうよ》饅頭を持って来た。山芋を加えたつやつやした白い饅頭に、焼き印で耳を、紅で目をつけている。中は粒あんだ。仕上げに顔をつけるのは留助と伊佐と幹太が交代でやっている。同じようにつくっていても、三人の個性がでる。

留助のうさぎ饅頭は耳の位置や目と目の間隔が毎回少しずつ違う。のんきそうだったり、眠そうだったり表情がある。

伊佐は十個つくれば十個、まったく同じ顔になる。やさしく、賢そうな顔をしている。

幹太はそのときの気分で違うことをしたくなるらしい。ときどき、それとなく顔つきを変えてくる。

この日のうさぎ饅頭は伊佐だ。白いつやつやとした皮に茶色の焼き印の耳と赤い丸い目がこちらを見ていた。

「ほう、かわいらしいねぇ」

やゑは手にとってしばらくながめ、口に運ぶと目を細めた。

「ああ、噂に聞いた通りだ。ここのあんこはおいしいねぇ。あんは菓子屋の命だって言うけれど、本当だね。小豆を炊いて水でさらして、砂糖を加えて煉りあげる。そのうちのひとつでもうまくいかないとおいしくならない」

徹次たちが聞いたら「その通りだ」と膝をたたいて喜びそうなことを言った。

丸々と太った小豆を水から炊く。皮が最初にのびるので、小豆はしわしわになる。そこに差し水、いわゆるびっくり水を注いでさらに熱すると、ゆっくりと小豆はふくらんでくるのだ。あまり長く煮すぎると豆が割れてしまうし、早いと皮が固いまま。その塩梅が難しい。

煮あがった小豆は水でさらしてあくをとるのだが、さらし過ぎると小豆のうまみも逃げてしまう。

牡丹堂では粒あんの場合は、あえて水でさらすのをひかえる。

あくもえぐみもうまみも表裏一体。

それが二十一屋をはじめた弥兵衛の考えで、それは徹次に受け継がれている。

「さっきの注文とは別に、最中を十個、生菓子を二つ、大福もあったら二個ほど包んでおくれ。私のところのお茶菓子がおいしいって近所の人が楽しみにしているんだ」

「大奥様の人柄がいいから、おしゃべりしたいんですよ」

須美が言った。

「そうだといいんだけどね。私は食べることが好きなんだ。おいしい見世があると聞くと、どこまででも出かける。上野、両国、品川……。品川にね、ちょっと面白いものを出す見世があるんだよ。平目をさっとあぶって海苔で巻いて出すんだ。おとついは、両国。そこは焼き鮎《あゆ》のお椀がうまい。やわらかなすくい豆腐と新ごぼうと蓼。鮎のだしがきいてね、この季節だけの楽しみだ」

「お酒のほうもたしなまれるのですか」

「もちろんだよ。酒があるから料理がうまい。酒と料理は一対のものだ」

おいしいものの話をするときのやゑはじつに楽しそうだった。

「私は子供のころから頑固な上に意地っ張りでね、言い出したらきかないんだ。その気性は息子の七左衛門、孫の綾にも引き継がれてしまった。だから、喧嘩になると大変なんだよ。女中たちはさあっと姿を消しちまう。嫁のお寧《ねい》が生きていたころはそれでもよかったんだけど、亡くなってからは間を取り持つ人がいなくなってしまった。そんなわけで、私も綾も家を出ることになった。私は谷中、綾は岩本町《いわもとちょう》。日本橋の大きな家には七左衛門と息子の喬太郎《きょうたろう》が暮らしている。しかしねぇ、親を追い出す息子も息子だけれど、出ていく私も私だよ」

やゑが明るい顔でしゃべるので、須美と小萩はころころと笑った。

「気性が似ていると、顔も似てくるんだね。会ったらびっくりするよ。私の顔を男にすると七左衛門で、しわをなくすと綾だ」

「では、お二人は美人さんですね」

「はは。そんなこと生まれてこの方言われたことがないよ」

やゑはまんざらでもない様子になった。

須美のおかげですっかり座が和み、やゑも心を開く気になったのだろう。須美が去ると、語り出した。

「最初から話そうかね。能登屋の主、七左衛門と女房のお寧の間には五年過ぎても子供ができなかった。子授けにご利益がある寺や神社があると聞けばお参りに行き、子宝の湯につかり、いいと言われるものはなんでも試した。そうして授かったのが綾だ。七左衛門は四十を過ぎていたから次の子は授からないと思い定めた。綾を能登屋の跡取りにすると宣言した」

小萩は新しい茶を入れた。

「ところが、前にも言ったように綾は七左衛門に似て意地っ張りの頑固者。そりがあわないんだ。子供ながらに七左衛門に言い返す。押入れに入れられても、ぐっとこらえて涙を見せない。父親にしたら、よけい癪《しゃく》に障るんだろうね。本気の親子げんかになってしまう」

そうこうしているうちに年月が流れ、綾が十歳のとき、弟が生まれた。

「七左衛門は五十過ぎだよ。孫みたいな子供だ。しかも、今度は男の子だ。そりゃあ、かわいいさ。七左衛門は大喜びだ。喬太郎と名づけた。また、その子はお寧に似たんだね、おとなしい素直な性格だった」

しかし、よいことは続かないもので、二年後、お寧が三十五の若さで亡くなった。能登屋はやゑと七左衛門、綾の間に立つ者を失った。

ふとしたことでやゑは七左衛門と言い争い、谷中に越してしまった。

綾は難しい年齢になり、ぶつかることがますます増えた。

「綾が十七になったとき、見合いの話が来た。悪い話ではなかったが、綾は嫁に行きたくないと言い出した」

――あたしは嫁になんか行かない。あたしはこの家から出ていかない。そして能登屋の主になる。おとっつあんは、昔、あたしにそう言ったじゃないか。

七左衛門は驚いた。

――馬鹿なことを言うんじゃない。それは、喬太郎が生まれる前のことだ。今は喬太郎という跡取りがいる。そもそも、娘は嫁に行くものと決まっているんだ。この家にお前のいる場所なんかない。

――おとっつあんはあたしを捨てたんだ。だから出ていく。あたしは自分の力で食べていく。

「綾はそれを機に部屋から出なくなった。そして、ある日、綾はわずかな荷物を持って家を出た。思い切ったことをする娘なんだよ。驚いて探し回ったが、綾の行方は分からなかった。そのとき分かったんだけど、綾には親しい友達がいなかった。駆け落ちしたなんて、口さがない噂も立ったけれど、それは違う。ひとりで出たんだ。一月《ひとつき》ほどして、便りが来た」

——私のことは忘れてください。

「どこでなにをしているかは、書いてなかった。それから七年が過ぎた。七左衛門は娘は死んだものと思っているなんて言っているけれど、本当のところは心配しているよ。だけど、意地っ張りの頑固者だからさ、口には出さない」

小萩は伊佐の母親のことを思い出した。

目黒《めぐろ》の大きな茶葉問屋の娘だった伊佐の母親も、父親とそりが合わなかった。伊佐の父親と所帯を持つことを反対されて家を出た。

伊佐の少々頑《かたく》なな性格は母親譲りなのかもしれない。

「綾さんは家を出て、どうやって暮らしを立てていたんですか？」

小萩はたずねた。

「その気になれば仕事はある。女中だって、売り子だって食べていくことぐらいできる。あの子はその覚悟で出ていったんだ。それがあの子の思う生き方だよ」

やゑの口がへの字になった。

「もう、一生、会うこともないかと思っていたけれどさ。ほら、私はあちこち出歩くだろう。つい最近、見つけちまったんだ。あの子の住まいを」

「それが岩本町なんですね」

やゑはうなずいた。

「声をかけようかと思ったけど、やめた。あの子の性格はよく分かっているからね、にこにこ笑って『まぁ、おばあちゃん、お久しぶり。よく見つけてくださいました』なんて風にはならないんだよ。それに、綾が本当に仲直りすべきなのは私じゃない。父親だ」

胸元から懐紙を取り出すと細く切って二本のこよりをつくった。それをねじり合わせて茶たくの上においた。

「今、七左衛門と綾はこんな風にねじれてしまっているんだよ。うっかり引っ張るとこよりは切れる。どうしたらいいと思う」

「水をたらしたらどうでしょう」

小萩が答えると、やゑは笑みを浮かべ、湯飲みの残った茶に入れた。こよりはゆっくりともどり、かるく引っ張るとなんなくほどけた。

「つまり、やゑさまがこのお茶のお役目を果たそうということなんですね」

やゑは目を伏せた。

「本当のことを言うとね、私がいけなかったんだよ。お寧が亡くなった後、二人の仲を取り持つ役を私がしなくてはいけなかったんだよ。それなのに、勝手にあの家を出てしまった。綾を捨てたのと同じことだ。あの子はひとりぼっちになった。だから自棄《やけ》を起こして家を出たんだ。せめて、今、自分の命があるうちに償いたい。時も経ってしまったから、簡単にはいかないよ。だけど、まだ、今なら間に合うかもしれない。その役目を果たせるのは私しかいないんだ。能登屋に最中を届けるとき、七左衛門に綾の住まいのことをたずねられても知らないと答えておくれ。綾に鉢かづき姫はどういう意味だと聞かれても、私が好きな話だからと言えばいい」

「承りました」

小萩はかしこまって答えた。

「じゃあ、よろしく頼みますよ」

やゑは帰っていった。

それから十日後の約束の日まで、小萩は三角の鉢の形の最中皮を探して何軒も材料屋をたずねた。最中のあんも宝物が入っているにふさわしく、大粒の大納言小豆を入れたものと蜜漬けやくるみや刻んだ干し柿、干し杏《あんず》を加えたものにしたりと工夫を重ねた。

手の空いたときは小川幽貴の草書をながめた。小萩は留助以上に小川幽貴の文字に魅せられてしまったのだ。

小萩もじつは字については思うところがある。

文字は人を表すなどという。

ていねいできれいな字を書く人は尊敬される。

姉のお鶴は習字が得意である。算盤《そろばん》も、料理も茶の湯も身につけ、その上、鼻筋のとおった美人である。

須美は判子屋の娘だから楷書も草書も篆書《てんしょ》も、さらに鏡文字まで書ける。頭もきれるし、気立てもよく、すらりとして姿もよい。

本人いわく。

「子供のころからおとっつあんたちの字を見て育ったからよ。判子屋は字が書けないと商いにならないのよ」

小萩はその話を聞いた時、判子屋の娘に生まれなかったことを、心からありがたく思った。

とにかく文字とはそういうものなのだ。文字が上手でないものは、それだけで窮屈な思いをしなくてはならない。

そこに小川幽貴が出て来た。

春の風が吹くように軽やかで楽しく、面白い。眺めているだけで幸せな気持ちになる。ここは止めて、ここははねるといった決まり事を軽々と飛び越えていた。

「お手本通りに書かなくても、いいんだよ。のびのびと、心のままに書いてごらん」

そう言われている気がする。

小萩はこっそり小川幽貴を真似て書いてみた。

あまりうまくいかなかったけれど、楽しかった。

長屋の部屋に戻っても小川幽貴の書を眺めているので、伊佐が不思議がった。

「そんなにこの文字が好きなのか」

「だって、眺めていると楽しくなるんですもの」

「なるほどなぁ。小萩がこんなに夢中になるんだから小川幽貴は本当にすごいんだな。その才能を見つけて売り出した金耕堂さんもさすがだなぁ」

小萩はまったくその通りだと思った。


小川幽貴に夢中なのは、景庵のお景も同じで、小萩の顔を見るたび金耕堂に連れていけ、晴五郎を改めて紹介しろと言う。根負けした小萩はお景とともに上野の金耕堂をたずねた。

金耕堂の見世先には人が集まっていた。

以前は構えも小さく、古い見世だったが、次々と人気のある絵草子や読み本をつくり、話題を集めてきたので、今は広く立派な見世に変わっている。見世先には読み本、黄表紙や合巻が積まれ、小上がりには富士山などの名所図や役者絵などの錦絵などが並べられていた。藍に紅、黄、緑と鮮やかな色彩が浮き上がるようで、なんともにぎやかだ。奥の棚には高価な和綴《わと》じ本も見える。

帳場に晴五郎がいた。えらの張った四角い顔に大きな鼻で色男とはいえない風貌《ふうぼう》だが、流行りの細い髷と長羽織の姿がいかにも時流にのった地本問屋の番頭という感じがした。

小萩は元気よく声をかけた。

「毎度ありがとうございます。牡丹堂です。今日はお願いがあってまいりました」

晴五郎は隣のお景を見て一瞬、「おや」という顔になったが、すぐにいつもの愛想のよい様子になった。

「そちらさまは、以前、たしか……」

「はい。日本橋で趣味の呉服、小物を扱っております景庵のおかみ、景でございます。以前、小川幽貫さまのことでお願いにあがったことがございます。私どもも牡丹堂さんとは懇意にさせていただいておりまして、以前、伊勢松坂《いせまつざか》の主の勝代さんと牡丹堂さんの菓子対決の折にも、陣羽織と前掛けをつくらせていただいたんですよ」

お景はここぞとばかり、よどみなく自分のことをしゃべる。

「ああ、そうでしたか。その節はありがとうございます。えっと……、そうだ、裏のほうはどうなっているかな……」

来訪の理由を察して腰を浮かしかけた晴五郎を、お景は引き留める。

「私は小川幽貫さまのお作品が大好きで、毎日、朝に晩に眺めているんでございます。そのうちにね、木版ではなく、肉筆のものを見てみたい。できれば身近において眺めたいと、こう思うようになったんでございますよ……。景庵は私がいたしております小さな見世でございますが、日本橋の呉服屋、川上屋が後ろ盾でございますから……、もちろんそれなりのご用意はいたします」

ぐいぐいと押す。

「いやいや、ありがたいお言葉です……。そういうご要望もたくさんいただいているんですけれどもねぇ、いや、私どもはありがたいお話だから考えてみたらと言うんですけれども、小川さんがねぇ、首を縦にふらないんですよ」

見世にあがらせてもらい、それからもお景があの手、この手で迫ってみたが、晴五郎も首を縦にふらない。ならば、一度、小川幽貫に会わせてほしいとお景は粘ったが、それも断られてしまった。

「こちらの都合でお断りをしているわけではないのです。小川幽貴さん本人が断ってほしいと言っているんです。自分は書家だ。だから書を見てほしい。私がどういう人で、どんな暮らしをしているのかは関係がないと、そうおっしゃるんです」

晴五郎は額に汗をかいて弁解する。その言葉に嘘はなさそうだ。

さすがのお景も諦めるしかなかった。

二

約束の日が来た。

小萩は最中を持って日本橋の能登屋に向かった。

丸に「の」の字が抜いてある藍ののれんが下がった能登屋は、子供が習字の稽古に使う半紙からこうぞの樹皮を漉《す》き込んだ立派な厚手の和紙まで紙ならなんでもそろうといわれている大きな見世だ。客が出入りする見世先に立つと、さっそく手代が声をかけてきた。

「今日はどんな紙をご入用ですか？　ちょうど今日、京《みやこ》から秋の透かしの入った短冊が届きましたけれど」

手代に菓子屋から届け物に来た旨を告げ、勝手口に回った。入り口で声をかけると女中頭と思える年配の女が姿を見せた。

「浮世小路の二十一屋から参りました。ご当主にお届け物です。送り主はやゑさまです」

驚いたように女の眉がくいとあがった。

「やゑさまから？　あんた、やゑさまにお会いしたのかい？」

「お会いしました。十日前のことですけれど」

「それで、その時はどんなご様子でした？　なにか変わったことはなかったですか？」

「変わったことと申しますと……」

「ううん、だから、ほら、変わったことだよ……」

矢継ぎ早にたずねられた。

「やゑさまは私どもの見世にお運びくださり、最中を届けるようにと注文をいただきました。とてもお元気で……。やゑさまがどうかされたのですか」

「いや、いや、いいんだけれどね」

女が言葉を濁し、奥に消えた。すぐに足音と共にびんのあたりに白いものが交じるやせた男がやって来た。やゑにそっくりな形のよい鼻で当主の七左衛門だとすぐに分かった。

「お袋に頼まれて来たっていうのは、あんたかい？　それで何を持って来たんだい？」

「こちらの最中でございます」

七左衛門は桐箱の蓋を開け、中の最中を眺めて首を傾げた。

「鉢かづき姫にちなんだ最中をつくってほしいというご注文でしたので、最中皮が鉢の形になっております。物語では鉢の中に財宝が入っていますので、大納言小豆の粒あんやくるみ、刻んだ干し柿が入っております」

「しかし、なぜ鉢かづき姫なんだろう。それについては、なにか言ってなかったかい」

「ご自分がこの話が好きだからと……」

七左衛門の口がへの字になった。

「まったく、おふくろも妙な謎をかけてくるもんだ。俺に解いてみろと言いたいのか？」

ぶつぶつとつぶやいている。

「あの……、やゑさまはどうかなさったのですか？ 先ほどの方からもやゑさまのご様子を聞かれましたが」

小萩は遠慮がちにたずねた。

「五日前に谷中の家を出た。家の中はきれいに片付いていて、近所の人には『山に行く』と言ったそうだ。山に行って禊《みそぎ》をするんだそうだ。滝行でもするつもりなんだろうか」

七左衛門が渋い顔で答えた。

先ほどの女中が戻って来て左衛門の耳元でなにかささやいた。

「は？　綾がどうしたって」

「ですから、今日は綾さまが生まれた日なんですよ。やゑさまはこの日を選んで、最中を届けてきたんですよ」

途端に七左衛門の目が三角になった。

「綾は自分でこの家を出て行ったんだ。私のことは忘れてくださいと言った。だから、わしはあの子のことは死んだものと思っている。謝ってきても、二度とこの家の敷居をまたがせない。……なんでおふくろは今ごろ、こんなものを届けてくるんだ。わしのやり方が気に入らないのなら、ここに来て、わしの前で意見しろ。思わせぶりに妙な謎をかけるんじゃない。なにが最中だ。なにが鉢かづき姫だ。なにがお山だ」

ぷつり。

小萩の頭の中で白いこよりが切れた。

「おふくろに伝えてください。最中はたしかに受け取りました。それで、よいのですね」

七左衛門はくるりと背を向けると足音を立てて去っていってしまった。

「申し訳ありません。そういうことですから。今日はこれでお引き取りください」

女が頭を下げた。

とにかく、最中は届けた。しかし、まだ綾がいる。

小萩は岩本町の長屋に住んでいるという綾をたずねた。

「芳野屋《よしのや》という料理屋の裏手にあるから、すぐ分かる。芳野屋は鰻《うなぎ》をのせた豆腐の蒸しものが有名なんだ」とやゑは言った。

芳野屋をたずねた折、綾を見かけたのではあるまいか。

勝手にあれこれ考えて小萩は芳野屋をめざした。

「ああ、芳野屋ね。角を曲がった先だよ」

岩本町まで来てたずねると、すぐに教えてくれた。構えの立派な見世で入り口に大きな楠《くすのき》があった。芳野屋の前を過ぎると、路地木戸が見えた。古びた木の板に「いちばんながや」とひらがなで書いてある。このあたりにたくさんある、九尺五寸といわれる裏長屋のひとつなのだろう。

木戸を過ぎ、路地を進んだ。どこからか赤ん坊の泣き声が聞こえてきた。

井戸端で女たちが洗濯をしていた。

「こちらに綾さんという方はお住まいですか？　お届け物を持ってまいりました」

「ああ、綾先生のことだね。そこの手習い所で教えているよ」

頬の赤い若い女が答えた。

「綾さんは手習い所の先生なんですね」

「そうだよ。習字に算盤、いろいろ教えているよ。大先生は別にいるんだけどね、足が悪くなって、今はほとんど綾先生が教えている。あんまり笑わないし、少々ぶっきらぼうだけど、子供たちはいい先生だって言っているよ」

　年嵩《としかさ》の女が答えた。

「その手習い所はどちらにありますか」

「長屋を出て、芳野屋の前を通り過ぎて、二つ目の角を入ったところだよ」

　教えられた通りに進むと、手習い指南所の看板があって壁には子供たちが書いた「春風」、「いろはにほへと」などの習字が貼り出してある。

　中から子供たちの声が聞こえた。

「ありがとうございましたっ」

「はい。ごくろうさん」

　女の声が続く。

　戸が開いて、子供たちが歓声をあげながらばらばらと飛び出してきた。風呂敷包みが重そうな小さな子供もいれば、十歳を過ぎたと思われる少年、少女も交じっている。

　子供たちが去ったあと、部屋の中をのぞくと、若い女が天神机を片付けていた。

「ごめんください。日本橋の浮世小路の二十一屋という菓子屋からまいりました。こちらに綾さまという方はいらっしゃいますでしょうか」

女が振り向いた。

形のよいまっすぐな鼻がやゑと七左衛門にそっくりだった。

「綾は私ですが」

「谷中のやゑさまからのお届け物です。本日のお約束でご注文をいただきました」

本日というところに力をこめた。

「谷中のやゑ……」

口の中で繰り返す。

「はい。お孫さんの綾さまに菓子を届けたいとおっしゃいました」

長い沈黙があった。

「分かりました。受け取ります」

にこりともせずに答えた。

小萩は桐箱を差し出す。綾は入り口に座ると、すぐさま中を開いた。

「鉢かづき姫にちなんだものをというご希望でした」

入り口の土間に立ったまま小萩は答えた。

綾はにらむように中空を見つめている。豊かな黒髪の、中高《なかだか》の整った顔立ちの女だった。藍の着物の襟元をきゅっと合わせ、濃茶の帯を胸高にしめている。

「どうして鉢かづき姫なんですか」

突っかかるような言い方だ。

「ご自分の好きなお話だからと。綾さまが子供のころ、なんども聞かせたからと」

また沈黙。

小萩がいたたまれない気持ちになったとき、綾がつぶやいた。

「昔から変わったことをする人だと思っていたけど、相変わらずね。今さらなんだっていうのよ」

小萩の頭に強くねじれた白いこよりが浮かんだ。

綾は人差し指で菓子の箱をぴんとはじいた。顔をあげると、小萩を見つめた。

「ありがとうございます。でも、私、鉢かづき姫の話は好きじゃありません。親に捨てられた娘の話ですから。母親も、お前のためだとか言いながら鉢をかぶせたんでしょうね。私も子供のころ、お前のためだと言われて、論語だのなんだの、習わされました。本当に迷惑」

目が怒っている。

「そもそも、能登屋とは関係のない身です。こちらから縁を切らせていただきました。能登屋に近寄ることもありません。どうしても前を通らなくちゃならないときは、遠回りをしています」

こよりは引っ張られて、今にもちぎれそうだ。

「やゑさまからは、今日、この日に届けるようにとご注文をいただきました」

もう一度「この日」のところに力をこめて言った。

「……お生まれになった日とか」

沈黙が流れた。

「父と母が祝言をあげて五年の後、やっと授かった子供が私でした。親は子を選べないし、子も親を選べない。考えたら父もかわいそう。私も喬太郎みたいに素直な子供だったらよかったのにね」

「いえ、そんなことは……」

小萩の言葉が虚しく響いた。気を取り直して言った。

「やゑさまは五日ほど前に『山に行く』とおっしゃって谷中の家を出られたそうです」

「どこの山？」

「存じません」

『山』で『鉢かづき姫』で『私が生まれた日』？　とんだ三題噺ね」

綾は財布を取り出すと、金を懐紙に包んで小萩に渡した。

「お手数ですが、あの人が山から帰ってきたら菓子を届けてください。大福とか、饅頭とか、おやつになるものを三つ、四つほど。綾は元気にしております。ご心配なく。もう、なぞなぞは結構ですとも伝えてください」

ぷつり。

小萩の頭の中のもう一本の白いこよりが切れた。

結局、どちらもだめだったか。

がっかりした。

そのとき、戸の外で人の気配がした。

「いやあ、綾さん、こんにちは。金耕堂です。お仕事の進み具合はいかがですかぁ」

明るい声がして姿を現したのは晴五郎である。綾の表情が少しだけ穏やかになった。

だが、晴五郎は小萩がいるのを見て、ひどく驚いた様子になった。

「牡丹堂さん、どうしてここにいるんですか」

「ご依頼のお菓子をお届けいたしました」

「あ、そうですか。お菓子をね。……それは、どなたから？　まさか……」

疑わしそうな目になる。

「お身内から」

「ほう……？」

「金耕堂さんこそ、どうして、こちらに？　綾さまにお仕事をお願いしているんですか？」

「ああ、いやいやいやいやいや」

晴五郎はあわてて手をふった。

「お二人はお知り合い？」

綾がたずねた。

「はい。以前からご贔屓《ひいき》をいただいております。それに牡丹堂は金耕堂さんのご本を楽しみにしています」

「ははは、それはうれしいなぁ」

晴五郎はわざとらしい声をあげた。

「本当ですよ。とくに今は、小川幽貴さん。私は毎日眺めています。あの字を見ると疲れがとれて幸せな気持ちになるんです」

「ふふん」

綾の口の端が少しあがった。

「小川幽貴さんはいいですよねぇ。私は字が上手でないので、それが嫌だったんですけれど、小川幽貴さんの書を見てから気持ちが変わりました。字を書くのも読むのも、本当は楽しいことだったんじゃないのかなって」

綾はつまらなそうな顔でそっぽを向いている。晴五郎は額の汗をふいていた。

「それではお邪魔をいたしました。失礼をいたします」

小萩が挨拶をすると、晴五郎は少しほっとした顔になった。


牡丹堂に戻ると、仕事場からあんを炊く甘い香りが流れてきた。

さわりと呼ばれる大きな銅鍋に徹次と伊佐が向かっている。やわらかく炊いた小豆に砂糖を加えて炊き上げる最後の工程だ。

鍋から白い湯気があがり、徹次も伊佐も真剣な眼差しでさわりを見つめている。

大きな木べらをさわりに差し込み、豆をつぶさないよう細心の注意をはらってゆっくりと混ぜる。くつくつと音をたてて白い泡がわきあがるあんを、伊佐が木べらですくいあげた。

へらを傾けると、あんはさわりの中で先のとがった山をつくった。

「よし、これでいい」

徹次が言うと、伊佐は手早く金の盆に移していく。小豆はつやつやと輝き、さあ食べてくれと言わんばかりに甘い香りを漂わせている。

「それで、小萩、最中のほうはどうだった？　喜んでもらえたか？」

徹次がふりむいてたずねた。

「それがなかなか難しくて。能登屋のご亭主は今さらなんだ、娘とは親子の縁を切ったんだと怒りだして。お嬢さんはもう終わった話だからという感じなんです」

「まぁ、そうだろうな。そんなことではないかと、思っていたよ。ともかく、最中は届けた。牡丹堂の仕事は終わった。それでよかったんだよ」

おだやかな声で徹次は言った。

納得できない部分はあるが、小萩庵の仕事はこれで終わりだ。

その日の仕事を終えて長屋の部屋に戻って伊佐と二人で夕餉を食べている時、小萩は伊佐に綾とのやり取りを語った。

膳の上には惣菜屋で買った煮奴《にやっこ》といわしの煮付け、それに湯漬けにしたご飯と汁がのっている。

「ねぇ、私はどういう風にすればよかったのかしら」

「分からないよ、俺には、そんなこと。でも、小萩は本気でその人のことを心配したんだろう。そのことは伝わったよ」

伊佐はいわしの煮付けを食べながら答えた。

「だったらいいんだけど」

煮奴を味わいながら小萩はうなずいた。

「小萩の仕事は菓子をつくって届けることだ。今回もちゃんと頼まれた仕事は終えたんだよ。その先は小萩が悩むことじゃなくて、あの家族が考えて解決すべきことなんだ」

「そうよね。そうなんだけど」

伊佐は答えない。沈黙が流れた。

「前から思っていたんだけどさ。小萩はお客さんの事情に関わりすぎると思うんだ。俺たちはあくまで菓子屋だ。菓子をつくることが仕事なんだ」

「その通りよ。私もそのつもりなんだけど」

伊佐は自分はそうは思わないというように汁をすすっている。

「お客さんといっしょになって喜んだり、悲しんだり、心配したりするだろ。それが小萩のいいところでもあるけれど。……やり過ぎるのはよくない」

「……でも、おかみさんも、ていねいに話を聞いていたでしょ。それが牡丹堂のやり方だと思っていたんだけど」

「おかみさんはおかみさんだよ。小萩はまだそこまでいっていないから……」

「そうねぇ。十年早いわよね」

おどけて言ってみたが、伊佐はつまらなそうな顔をしている。

「ああ、それに須美さんや留助さんの仕事が増えてしまうものね。それはよくないわ」

口ではそう言ったが、もやもやしている。

きちんとお客さんの話を聞いて、菓子をつくる。それが小萩のやりたいことなのだ。いっしょに喜んだり、悲しんだり、困ったりしたいのだ。

顔をあげると、伊佐と目があった。

小萩がもやもやしていることに、もやもやしている。

――あなた、伊佐さんへの尽くし方が足りないのよ。ご亭主はもっと持ち上げて大事にしないと。

お景の声が聞こえた気がした。

つまり、もっと伊佐に寄り添えってこと？

伊佐の世話をしたらいいの？

よその家族のことを考える前に、自分たちのことに気を遣えってこと？

ぼそぼそとご飯を飲み込んだ。

「俺は小萩が疲れ過ぎてしまうんじゃないかと心配なんだ」

伊佐がぽつりと言った。

「小萩は俺の家族だから。……親父もお袋も死んで、俺の家族は小萩だけだから。おかみさんは俺のことを家族同様だって言ってくれる。親方も、ほかのみんなも身内のようなものだけれど、それでも、本当の家族は小萩だけだから」

小萩ははっとした。

そうか。伊佐の家族は自分だけなんだ。

小萩は伊佐の淋しさを思った。伊佐はずっとこの淋しさを抱えて生きて来たのだ。鎌倉に両親や祖父母や姉弟のいる小萩は、ついそのことを忘れてしまう。

「そうね、そうだったわね、ごめんなさい。能登屋さんのことに夢中になり過ぎてしまったわ」

小萩は素直になった。

三

須美が納戸から大事そうに桐箱を抱えて出て来た。

「幹太さんに花入れを出してほしいって言われたけれど、これでいいのかしら」

木箱は古く、真田紐《さなだひも》がかかっていて何やら由緒がありそうである。座敷で広げてみると中から七寸ほどの高さの青磁の壺が出て来た。

「ああ、これだ。これを探していたんだよ」

白い桔梗と吾亦紅《われもこう》、細い薄を手にした幹太がやって来て、うれしそうに言った。

「幹太さんが花を生けるの？」

めずらしいこともあるものだと思いながら、小萩はたずねた。

「おはぎ、花は生けるじゃない、『花は入れる』ものなんだ。俺はこの前の夜咄の茶会で茶花というものに開眼した。茶席に飾る花を知ることは、茶席菓子を学ぶことでもあるんだ」

幹太は茶花について一席ぶった。

「それで幹太さんは茶花の師匠のところに通うことにしたんですって」

須美が頼もしそうに幹太を見る。

「茶花の師匠って直枝さんのこと？」

「そうだよ。うん。とにかく、あの人と話をするのが楽しいんだ。学ぶことがたくさんある」

目を輝かせた。

「茶花を学んだら、幹太さんのつくるお菓子も変わってくるかもしれないわねぇ」

須美が微笑む。

「それを期待しているんだ。茶花で大事なことは語りすぎない、描き切らないってことなんだってさ。以前、同じようなことを、霜崖さんに言われたんだ。そのときはよく意味が分からなかったけれど、直枝さんに説明されて腹に落ちた。たとえばね、柿の実を象《かたど》った菓子があるだろ？　柿そっくりにつくると『ああ、柿か。もう、そういう季節か』で終わってしまうんだ。見世で売る菓子ならそれでいいけれど、茶席ならそこを一歩引いた姿にする。おや、なんだろうって思わせるくらいに抑えるんだ」

「つまり、謎かけってこと？」

小萩はたずねた。

「どっちかと言えば問答だ。答えをあてるものじゃない。人それぞれ、思うことが違ってもいいんだ。この人はこんな風に感じるんだ、こんなことを考えているんだって知る。その人のことが分かるじゃないか」

幹太は茶道の奥深さについて、またひとしきり語った。それから正座して花器に向かうと、白い桔梗を手にとった。真剣な眼差しで花器を見つめている。どういう風に入れるのか考えているらしい。

小萩と須美は幹太を邪魔しないよう、静かに部屋を出た。

仕事場に行くと、留助がにやにやしながらやって来て小声でささやいた。

「幹太さんはあの美人の先生に『ほ』の字なんだよ」

「まあたぁ、留助さんはすぐそういうことを言う」

「だって、幹太さんが急に茶花に関心を持つなんて、おかしいじゃないか。ぜったいほかに理由があるんだ」

「どうだろう」

たしかに夜咄の茶会のとき、幹太は直枝の姿を見つめていたけれど。

「やっぱり、違うと思うわ。だって直枝先生は幹太さんよりも十歳以上も年上なのよ」

ちょうどお客がやって来たので、小萩は見世に立った。

「生菓子はどんなものがあるのかしら？」

商家のおかみさん風のお客がたずねた。

「菊と秋の七草、月、青柿ですね。うさぎ饅頭もございます」

「あら、かわいいわねぇ。じゃあ、うさぎ饅頭も入れてもらおうかしら。お山に行くから」

「お山に登るんですか？」

小萩がたずねると、おかみさんは笑った。

「山と言っても成田山深川不動」

たしかに寺には山号というものがある。

やゑが山に行くと言ったのは寺のことか。

そもそも、やゑは鉢かづき姫の物語で何を伝えようとしたのだろう。

鉢かづき姫の話に出て来るのは観音さま。観音さまといえば金龍山浅草寺。

もともと鉢かづき姫は仏教説話だ。因果応報などの仏の教えを物語にして分かりやすく伝えるものだ。

鉢かづき姫の物語は何を教えているのだろう。

観音さまをお参りしなさい。良い心持ちでいると、いつか幸せが巡ってきますよ。意地悪されても恨んではいけません。

どれも、やゑの気持ちとはしっくりこないようだ。

お客が去ると、小萩は台所の須美のところに行った。

「鉢かづき姫の教えって何だと思いますか？」

「あら突然、どうしたの？」

「やゑさんがなぜ、鉢かづき姫にこだわったのか気になってしまって」

「そうねぇ。気になるわよねぇ」

須美は汁をつくる手を止めて考えている。

「たとえばね、人はそれぞれ苦労を背負っているものだから、運命に逆らってはいけませんってことかしら。姫はおかあさんに鉢をかぶせられて、その鉢がとれなくなるでしょう」

「うんうん」

「運命に耐えていると、いつか幸せが来ますよ」

そういう考えもあるのか。

しかし、それもやゑの気持ちとはつながらない。

「難しいわねぇ」

結局、答えは出なかった。

　その日は留助が朝からそわそわしていた。

「金耕堂から小川幽貴の新しい本が出るんだってさ。それも、今日。長屋の隣の奴が教えてくれた」

「そうなの？」

「この前は『枕草子』の写本だっただろ。今度は物語も自分で書いたんだってさ」

「どんなものかしら。早く見たいわよ」

　小萩もわくわくしてきた。

　昼過ぎ、伊佐が羊羹を風呂敷包みにして出かける支度をしていた。

「注文の品物を届けてきます」

　大きな声で徹次に伝えている。金耕堂という言葉が聞こえたような気がした。

「ねぇ、金耕堂さんに行くの？　私と代わって」

　小萩は話に割り込んだ。

「羊羹十棹《さお》に最中が五箱だ。重たいぞ。いいのか」

　徹次が心配した。

「大丈夫です。金耕堂さんにお願いしたいことがあるんです」

小萩は菓子を持って上野の金耕堂に向かった。

小川幽貴の本が売り出されたとあって、金耕堂の見世先には人が集まっていた。

帳場に晴五郎の姿が見えたので、小萩は元気よく声をかけた。

「毎度ありがとうございます。牡丹堂から菓子のお届けにまいりました」

「ああ、先日は奇遇だったね。重いのにご苦労さん」

晴五郎は機嫌よく答え、手代が菓子を受け取った。

「お忙しい所すみませんが小川幽貴さんの新しい本を買いたいんです。私と兄弟子の分で二冊」

「すみません。今、最後の一冊が出ました。明日にならないとできあがらないです」

手代が困った顔になった。

「ええ、明日まで待つんですかぁ」

小萩は思わず声をあげた。帳場にいる晴五郎がその声を聞いて顔をあげた。

「ほかでもない、牡丹堂さんだ。それじゃあ、ちょっと裏においで。二冊くらいなら融通できるから」

晴五郎に連れられて裏の工房に行くと、何人もの職人がねじり鉢巻きで小川幽貴の草子を刷っているところだった。刷りあがったものは天井から吊り下げ、絵具を乾かしている。

隣の部屋に行くと、仕上がりに合わせて一冊ずつ並べたり、紙のはしを切りそろえたり、最後は表紙をつけて本の背を糸でとじ合わせて仕上げたりしている。

「悪いね。できあがったのを二冊もらうよ」

積みあがった本の山からひょいと取ると、小萩に渡した。

白地に『大江戸雀《おおえどすずめ》』と書いてある。

そっと中を開くと、新しい絵具の匂いとともに、流れるような小川幽貴の文字が目に飛び込んできた。

『頃はのどけき春の夜に、江戸の雀が集まってそれぞれに面白い話をしております』

細く、太く、流れるような線は自在に伸びて、木の枝のようになり、雀が遊んでいる。文字なのか、それとも絵なのか。紙をめくると、雨が降っている場面になった。傘をさした男女がいる。

小萩はほおっとため息をついた。

「こんな本ははじめて見ました。すぐに読みたいけれど、読むのがもったいない気もします」

「ゆっくり楽しんでくださいよ。話もとても面白いんだよ」

「そうなんですかぁ」

うれしくて声がひっくり返った。

「正直、私も小川幽貴さんがここまでできる人だとは思わなかった。書きあがったものを見て驚いた」

「えっ、晴五郎さんが小川幽貴さんのお家に受け取りに行くんですか？」

「そうだよ。いつも私が取りに行く」

「じゃあ、最初にこれを読んだのは晴五郎さんってことですか？」

「まぁ、そうなるねぇ。それが地本問屋の役得だね」

晴五郎は少し得意そうな顔になった。

「いいですねぇ。実際に書いているところも、ご覧になったことがあるんですか？」

「いやあ、それはないよ。見せてくれないんだ。でも、話には聞いているよ。下書きをいくつか書くけれど、それはあくまで下書きさ。心静かに、その時を待つんだ。それで、いよいよとなったら筆をとり、一気呵成に書き上げるんだ」

「そうですよね。途中で筆が止まっていませんもの。それは、私でも見れば分かります」

「うん。そうなんだよ。だからね、途中でちょっとでも気が散ったりすると、もうだめなんだ。人の話し声が一番困るって言っていたよ。とくに子供の声だね」

「じゃあ、書くのは夜中がいいのかしら」

「それだと繊細なにじみの様子が分からないだろ。朝の澄んだ光が一番いいそうだ」

「えっ、でも、それって……」

小萩は手にした本をながめた。小萩が見ることができるのは、小川幽貴の肉筆ではない。本物を忠実になぞって仕上げた木版画である。線の強弱は再現されているが、墨のにじみはない。

「晴五郎さん、ずるいですよ。私は小川さんの肉筆を見たいです」

「あははは。それはだめだよ。見せられない」

晴五郎はうれしそうに笑った。

「どうしてですか？　住んでいるところも、なにもかも、みんなひみつなんですね」

「そうだよ。だからいいんじゃないか。これは本人の希望だ。私もそのほうが面白いって思ったんだ。まぁ、そのあたりは地本問屋の勘だね。綾さんも……」

綾さん？

晴五郎はしまったという顔になった。

「今、綾さんって言いましたか？」

「いや、言ってないよ。牡丹堂さんの聞き間違いだよ」

そう答えた晴五郎の頬が染まり、額に汗をかいている。

——金耕堂です。お仕事の進み具合はいかがですかぁ。

明るい晴五郎の声が耳に響いた。

なんだ、そうか。

なにかがすとんと腹に落ちた。

だから、あの日、晴五郎が現れたのだ。

落ち着きがない様子をしていたのだ。

「小川幽貴さんは綾さんなんですね」

晴五郎の口が曲がり、天井を見つめる。

だが、それも一瞬のことだ。

すぐに笑顔になった。綾をたずねて来た時の底抜けに明るい表情である。

「いやあ、しまったなぁ。語るに落ちるとはこのことだよ。私もまだまだだなぁ。仕方ない。特別に肉筆を見せてあげよう。だけど、そのかわり……、分かっているね」

念を押す。

「もちろんです。小川幽貴さんの素性は明かしません」

小萩は約束した。

晴五郎は脇の襖を開け、自分の居室に案内した。

床一面に巻紙や錦絵の束が積み重なって足の踏み場がない。部屋の隅にはくしゃくしゃに丸めて捨てられているものもある。その山をあちらにどけ、こちらに寄せて二人の座る場所をつくった。

「これが、今度の本の原稿だ」

晴五郎は引き出しから綾の肉筆原稿を取り出した。

『頃はのどけき春の夜に、江戸の雀が集まってそれぞれに面白い話をしております』

「わぁ」

小萩は声をあげた。

今まで木版画しか知らなかったが、小川幽貴の肉筆はその何倍もすばらしい。筆の勢いが感じられるし、かすれたり、にじんだり、墨の飛沫がとんだりしている。息遣いが聞こえるようだ。

これをお景に見せたらどんな顔をするだろう。

飛び上がって喜ぶだろう。

金はいくらでも出すから買い取らせてくれと言い出すかもしれない。

いや、今の江戸にはそういう人たちが何人もいる。

「本当のことを言えばね、そろそろ素性を明かして、書家として独り立ちしたほうがいいと思っているんだよ。そうすれば、手習い所の仕事を辞めて、書くことに専念できるから、あの人にとってもいいはずだろう」

「それはやっぱり、お家のことがあるからでしょうか」

「そうじゃないのかなぁ。分からないけど」

小萩は肉筆をながめた。これが世に出ないのは本当にもったいないと思った。

「小川幽貴さんを見つけたのは、金耕堂さんなんですよね」

「違う。あの人は自分で小川幽貴になった。私はそのきっかけを与えただけだ」

晴五郎はどかりとあぐらをかいた。

「綾さんは、道で人の名前を紙に書いて売っていたんだ。持っていると幸せになります、なんて言ってね」

「名前を？」

「そう。男の人なら出世や商売繁盛を願って太い筆で大きく立派に書く。女の人なら良縁が来るように細筆で品よく。自分の名前がきれいな字になっているのってうれしいじゃないか。若い娘がそういうことをするのはめずらしいから、それで結構商売になっていた。俺は噂を聞いてたずねて行って、せっかくなら、もっと面白く書いたらいいのにって言ったんだ」

何日かして綾は書いたものを持ってやって来た。

「ところどころ見るべきものはあったけれど、さほどではなかった。で、私がまだ見たことのないようなものが書けたら持っておいでって言って帰した。十日ほどして、また持って来た」

脇の棚に積んであったぶ厚い紙の束を取り出した。

左手で書いたらしいもの。櫛《くし》の歯を使ったらしいかすれ文字のもの。落葉を貼ったり、棒のような太い文字など、さまざまに工夫している。

「面白いからこの調子でねって言って帰した。そんなことを繰り返して、半年、一年が過ぎた。今の文字になったのは、三年後だ」

「すごいですね」

小萩は感心した。ものになるかどうか分からない努力を続けることは苦しい。そのことは自分でもよく知っている。

「毎日のように若者が来る。若者だけじゃなくて、壮年も老人も、男も女も。絵や物語やそのほかいろんなものを持って来る。目を通して、また新しいのができたら持っておいでと言うと、ほとんどは来ない。こっちも商売だからね、本気になってくれないと困るんだよ」

「綾さんは本気だったんですね」

「そうさ。あの人はいつも本気だ。だから、おとうさんとぶつかった。家を出た。なんとか暮らしていけるようになった。綾さんはずっとひとりだったって言っていたよ。家の中でも、友達といても」

晴五郎は遠くを見る目になった。

「おとうさんは綾さんを能登屋の跡取りにするつもりでいたんだろう。だから、男の子といっしょに読み書き算盤に論語を学ばせた。弟が生まれてから裁縫やお琴を習うようになったけれど、そういうのは性に合わないって言っていた。……それで、まぁ、友達ができなかったらしい。ひとりで家にいることが多かった。でも、そういうのって子供は親に言わないじゃない。おかあさんは早くに亡くなっていたし、おとうさんは商売が忙しい。おばあちゃんもいなくなった。気づく人はいなかった」

「お見合いの話が来たんですよね」

「見合いの話が来る少し前、子供のころからよく知っている男の子と話をしていた。たまたまその子は女の子の間で人気のある人だったから、やきもちを焼かれて、ひどい言われ方をされた」

「それで家を出た……」

「家にもいられない。友達ともうまくいかない。嫁にいって他人の家で暮らすことなど、できそうにない。気がついたら家を出ていたんだって。お腹を空かせていたら煮売り屋のおばあさんに助けられて、その人の見世で働くようになった。おばあさんが体を壊して見世を閉めることになって、手習い所で働くようになった」

「名前を書いて売るようになったのは、その後……」

「無心になって字を書いていると、嫌なことを忘れて自分が楽になるんだってさ。そりゃあそうだよ。勝手に家を出て。申し訳ないって気持ちもあるだろうしね。最初会ったころは口数が極端に少なくて、全然笑わない子だった。それで、筆をとらせると明るくて楽しい文字を書く。不思議なんだよなぁ」

晴五郎は静かな声で言った。

帰り道、今川橋《いまがわ》を過ぎた土手のあたりに見たことのある姿があった。七左衛門だった。たった一人で空を見つめていた。

その背中がひどく淋しそうだった。この人も、過去を悔いているのだろうか。

懐に入れた小川幽貴の本が重さを増した。

七左衛門は綾が小川幽貴であることを知らないだろう。

知ったら安心するだろうか。

三人を縛っているのは後悔だ。その後悔は鉄の鎖のように重く、固い。

「ああ、そうか。だから、鉢かづき姫なのか」

すとんと何かが腹に落ちた。


二十一屋に戻ると、井戸端にいた留助に小川幽貴の本を手渡した。

「今度の小川幽貴さんの本は本当にすてきなの。でもね、この次の本はもっとすてきになってほしいわ」

仕事場に行き、徹次に言った。

「すみません。もう一度、能登屋さんとお嬢さんに最中をお届けしたいのです。いいでしょうか」

「ご隠居から金は余分にもらっているからいいけれど、鉢の形の最中皮はないぞ」

「構いません。刀でぱりんと割れるような焦がし皮の最中にしたいんです」

今朝届いたばかりの焼き立ての最中皮に粒あんを詰めた。それを木箱に入れると、綾のところに向かった。

そろそろ日が落ちる時刻だった。

子供たちが帰った手習い所は静かだった。

戸をたたくと、綾が姿を見せた。

「先日は失礼をいたしました。今度は『本物の』鉢かづき姫の最中です。綾さんに……、いえ、小川幽貴さんに食べていただきたくてお届けにまいりました。今が、一番おいしいときです。ぜひ、今、ここで食べていただきたいのです」

小川幽貴と呼ばれて、綾は一瞬驚いた顔になったが、口元がわずかにほころんだ。

「その最中、いただきます」

誘われて部屋にあがった。部屋の真ん中に天神机がひとつおかれ、上には下書きのような不思議な線が躍る半紙がのっていた。

綾は半紙を手早く片付け、その間に小萩は教わって茶を入れた。

蓋を開け、丸い最中をながめ、ひとつ頬張って綾は首を傾げた。

――これはふつうの最中でしょ。

そういう顔をしている。

「先ほど、最中皮にあんを詰めました。だから、まだぱりぱりしています。鉢かづき姫の最後のほうで、鉢が割れて宝物とともに姫の美しい顔があらわれます。この最中はその一瞬を表しています。時はもどせないけれど、終わりにすることはできますよね。そう伝えたかったのだと思います」

「そんな簡単なことじゃないのよ」

綾は絞り出すような声をあげた。

「だからです。おばあさまはこよりの話をしてくださいました」

小萩は懐紙で二本のこよりをつくり、ねじり合わせて茶たくの上においた。

「おとうさまと綾さまは、こんな風にねじれてしまっている。うっかり強く引っ張るところは切れる。でも、水を少し垂らしたらよりが戻ってほどけてくる。自分がこの水の役割をしたい。長い年月をかけてできたねじれだから、すぐにどうこうはならない。ゆっくり、時間をかけて戻ればいいのだと。やゑさまもまた、後悔をしていらっしゃいました。自分は能登屋を出てはいけなかった。おとうさまと綾さんの間に立って、つなぐ役目があったのにと」

小萩は水を垂らした。こよりはゆっくりとほどけた。

「やゑさまは、二人に謝りたいともおっしゃっていました。もしかしたら、こう伝えたかったのではないでしょうか。もう、終わりにしてもいいんだよ。苦しいこと、悲しいこと、辛いことは私が代わりに背負うから」

綾は最中を手で割った。

ぱりんと心地よい音がして、つやつやと輝く粒あんが姿をあらわした。

綾は新しい半紙を敷いた。そこに「幸」と書いた。続いて「やゑ」「七左衛門」「寧」「喬太郎」と続けた。

小川幽貴の文字ではなく、習字の手本のような分かりやすい、ていねいな字だった。綾はその字をじっとながめた。

一粒涙が半紙に落ちて、墨がにじんだ。

それを機にぽつり、ぽつりと語り出した。

「家を出たあと、親切なお年寄りとめぐりあいました。見世の奥の小さな部屋に住まわせてもらって、煮売り屋を手伝うことにしました。家に帰るのは嫌だったけれど、おとっつあんやほかの人たちには迷惑をかけた、申し訳ないと思っていました」

小萩は新しい茶を入れた。

「字が上手なのだから、名前を書いてお礼をもらったらどうかと言ってくれたのは、煮売り屋のおばあさんです。それで、道端に座って名前を書くことを始めました。何歳くらいで何をしている人か。家族はいるのか、どういう風になりたいのか。相手の人のことを思いながら、一枚、一枚、ていねいに書きました。気がつくと、少しずつひりひりするような胸の痛みが消えていました。私はやっと気がつきました。苦しかったのは、自分のことばかり考えていたからなんです。私はずっと閉じこもって壁をひっかいてもがいていたんです。光が射したような気がしました」

綾は半紙の文字をながめた。

「おばあさんが体を悪くして煮売り屋を閉め、手習い所を手伝うようになっても名前を書く仕事は続けていました。金耕堂の晴五郎さんが背中を押してくれたから続けられたんです。小川幽貴になって本が売れるようになった。以前のひりひりするような痛みは薄れたけれど、今度は申し訳なさ、悔しさ、悲しさで心が冷たくなる。私は暗い部屋から一歩外に出たけれど、また別の部屋に閉じ込められています。償う日はいつか来るのでしょうか」

「来ますよ。きっと。だって、私は小川幽貴さんの字を見ると、とても軽やかな幸せな気持ちになるんです。そんな風に綾さんは幸せを運んでいるんです。だから、大丈夫。幸せをもらった人たちからお返しが来ます。今、綾さんを縛っている悲しみや辛さの固い鎖も解ける日が来ます」

小萩は強い調子で言った。綾はもう一つ最中を割った。

ぱりんと乾いた音がした。

「大丈夫。その日は来ますよ。だって、綾さんは鉢かづき姫なんですから」

小萩はもう一度言った。

「おとっつあんやおばあちゃんや、死んだおっかさんや喬太郎にちゃんと謝りたい。いつか、そういう日が来ますよね」

「来ますよ、絶対」

強い調子で繰り返した。

小萩は最中を能登屋にも持って行った。

女中が奥に伝え、出て来たのは喬太郎だった。

「父は今、忙しくしておりますので、私が代わりに承ります」

はきはきと答えた。喬太郎は健やかで立派な若者だった。

「姉にお会いになったのでしょう。姉は元気にしていますか」

「いつかおとうさまと弟さんにお目にかかり、ちゃんと謝りたいとおっしゃっていました」

「それを聞いたら、父は喜びます」

喬太郎は白い歯を見せた。

谷中のやゑの家をたずねると、やゑは「お山」から戻って家にいた。

小萩がぱりんと割れる最中を持って行ったことを話すと、やゑはにやりと笑った。

「ちゃんと私のなぞなぞを解いてくれたんだ。ありがとうね。おかげで、私は私の役目をこなせた。それで最中を持って来てくれたのかい」

「もちろんです」

小萩は木箱の蓋をあけた。

香ばしい焼き皮の中にたっぷり粒あんを詰めた最中だ。

「悪いね、茶を入れてくれるかい。あんたも、ひとつお食べよ。それとも、最中は食べ飽きているかい」

「いいえ。ご相伴させていただきます」

小萩はほうじ茶を入れ、やゑといっしょに最中を食べた。

「ひとりで食べてもつまらないんだよ。ちっともおいしくない。ね、そう思うだろ」

「はい。世間は持ちつ持たれつです」

小萩は答えた。最中の甘さが心にしみた。

しばらくして小川幽貴が書家として独り立ちするという話を聞いた。

景庵のお景はまっさきに手をあげて屏風を依頼した。

鉢かづき姫の鉢の中には金銀財宝が詰まっていた。綾が子供のころ、父親に習わされた書道は今度も綾の身を助けることになった。もちろん、綾の努力があってのことだけれど。

それはお金のことだけではない。

自分という暗い部屋の中でもがいていた綾を光のある外に連れ出したのも、書であった。

仕事を終えて長屋の部屋に戻り、二人の夕餉の膳で小萩は伊佐に言った。

「ねぇ、家族って面白いわよね。仲違《なかたが》いして喧嘩しても、どこかでつながっているのよね」

「顔だけじゃなくて、性格も似るんだよ。夫婦もそうだよ。長くいっしょにいると、そうなるんだ」

伊佐はうれしそうな様子になった。

やせてあごのとがった伊佐とふっくらとした頬の小萩は、今は全然似ていない。

いつか似ることがあるのだろうか。

そうなったらいいなと思った。

月の光と幹太《かんた》の恋と

一

裏の空き地に曼殊沙華《まんじゅしゃげ》が咲いた。その一角だけが、燃え立つように赤く染まっている。

「秋だなぁ」

鍋を洗う手を止めて伊佐がつぶやいた。

「このごろ、日が暮れるのが早くなったからなぁ」

幹太も洗い物の手を止めて眺めた。

「なんでだろうなぁ。秋っていうのは物悲しい気持ちになるな。人恋しい季節だな」

留助が茜《あかね》色に染まった西の空を眺めながら言った。

「あら、留助さんらしくない台詞《せりふ》だわ」

小萩がからかうと、留助は「なんだよ。俺だってそういう気分になるんだよ」と口をとがらせた。

そのとき、須美が姿を見せた。

「今晩はさんまを焼くの。留助さんや伊佐さん、小萩さんも食べてったらいいだろうって親方が」

「さんまかぁ。うれしいなぁ」

物悲しいなどと言ったことなど、すっかり忘れた様子で留助が声をあげた。

「ありがとうございます。しっかり食べて帰ります」

小萩も伊佐も笑顔になる。

「幹太さん、悪いけれど、室町の旦那さんとおかみさんに声をかけてくれませんか」

須美が言うと、幹太は「合点だ」と威勢のいい声をあげた。

秋といえばさんまだ。焼き立ての皮がじゅうじゅう言っているようなさんまに、しょうゆを垂らす。これはもう絶品である。

しかし、さんまを焼くと煙が出るし臭いがつく。香りの移りやすいあんこを扱う菓子屋としては少々まずい。

だから、牡丹堂でさんまを焼くのは特別な日ということになっている。

室町に隠居した弥兵衛やお福も呼んで、みんなで膳につく。いつもは家で女房と一人息子が待っているからとそそくさと帰る留助だが、この日ばかりは仲間に加わる。もちろん小萩と伊佐もだ。

小萩が台所に行くと須美はご飯を炊き始めており、清吉は太い大根をおろし金ですっていた。小萩は酢の物にとりかかった。名残《なごり》の瓜を薄く切って塩をふる。まだ裏庭に残っている青じそを摘んだら、隣に秋みょうがが顔を出していたのでそれも取る。胴は紅色で先の方は緑。ぷっくりと太って土の香りがした。小萩がまな板でしゃきしゃきと音を立てながら切っていると、須美はもう芋の煮転がしを仕上げていた。

以前は、料理は手伝いのおばさんとともに小萩がつくっていた。

味はいいと褒めてもらっていたが、須美の手早さ、手際のよさにはおよばない。味噌汁のだしをとりながら芋の皮をむき、野菜を切る。芋を煮る間に酢の物を仕上げ、汁をつくる。頃合いを見計らって魚を焼いたり、煮たりする。

須美の頭の中には細かく段取りを書いた表があるに違いない。

そのとき室町に行った幹太がひとりで帰ってきた。

「じいちゃんが風邪っぽいから今年は遠慮しますってばあちゃんに言われた」

「あら」

須美が残念そうな顔をした。

釣りに行って雨にあたった弥兵衛が咳《せき》をしているという。にぎやかなことの好きな弥兵衛たちが来ないというのは、めずらしいことだ。

小萩は七輪でさんまを焼き始めた。

すらりとしたさんまの背は青く、腹は白い。目はぴかぴかと光っている。ぱたぱたとうちわであおぐと赤い炎と共に、さんまから白い煙があがった。皮がぱりぱりに焼けるよう、強めに塩をふり、軽く片栗粉をふってある。こんがりと焦げ目がつき、脂がしたたり落ちると、香ばしい匂いがあたりにただよう。少しはがれた皮の下の白い脂が見えた。

「おう。いい香りだなぁ。もう、腹が減ってきたよ」

待ちきれなくなったらしい徹次がのぞきに来た。

「もうすぐ焼けますから、少々お待ちくださいませ。せっかくだからお酒もつけますね」

須美が徹次を膳の前に連れて行く。

酢の物と芋の煮転がしで一杯やっている男たちの前に焼きあがったさんまを持って行くと歓声があがった。

「ああ、やっぱりこれを食べないと秋にならねぇよ」と留助がうなる。さっき「人恋しい」などと言ったことなどすっかり忘れた風だ。

熱いご飯と焼き立てのさんま、大根おろしにしょうゆ。小萩は目を細めた。

「浮世小路、目黒に勝るさんまかな」

留助がうれしそうに一句ひねる。

「なんだ、川柳か？」

伊佐がたずねた。

「まぁ、そんなもんだ。目黒のさんまよりもおいしいってことだ」

落語好きの留助らしい句である。

「じゃあ、私は……。さんまには大根おろしが欠かせません」

小萩が続ける。

「なんだ、そりゃあ。そのまんまじゃねぇか」

留助が言ってみんなも笑う。

「じゃあ、俺もひとつ。……過ぎた日の赤い花咲くさんま焼く」

幹太が言った。

「ほう、面白いな」

徹次がうなずく。

「おいらも考えたよ。トラ猫がねらっているかも、さんまかな」

清吉が元気な声をあげ、みんなが笑った。

伊佐と二人で食べるご飯もいいものだけれど、こんな風にあれこれ言いながら食べる夕飾は格別だ。

小萩はおちょこ一杯の酒で頬を染め、須美も楽しそうにしていた。留助は残ったさんまをお滝の土産にして帰ったのだった。

翌日、小萩が見世に立っていると、ふらりと留助が姿を見せた。ちょうどお客のいない時で、留助は声をひそめて言った。

「俺は確信したね。幹太さんは恋をしている」

「え、なんのこと?」

小萩はたずねた。

「だからさ、あの俳句だよ」

――過ぎた日の赤い花咲くさんま焼く
「あれは恋の句だよ」

「そうなの? たまたま曼殊沙華が咲いていたからじゃないの?」

小萩は答えた。

『さんまには大根おろしが欠かせません』と詠んで「そのまんま」だと留助に笑われたが、幹太の句だって少し体裁は整えてあるけれど、見たままという気がする。

「このごろ幹太さん、茶席菓子ばかりつくっているじゃねぇか。俺はそこが怪しいと思う。やっぱり、あの茶花のお師匠さんに『ほ』の字なんだよ」

「違うと思いますよ。直枝さんはきりっとして、そういうよからぬ思いを抱かせない人です」

「心外だなぁ。きれいな人がいたら心惹かれるのが男ってもんだ。それを『よからぬ』なんて言ったらだめだよぉ。小萩は全然分かってねぇ」

　留助は頬をふくらませた。

　幹太の俳句は須美の心にもなにかしらの影を落としたようだった。

　小萩が井戸端に行くと、須美がさんまを焼いた網を洗っていた。

「さんまはいいけれど臭いがねぇ」

　たわしでごしごしとこすっている。力を入れたからか須美の白い指先が赤く染まっていた。

「手伝います」

　小萩は須美と並んで網を洗った。

「ねぇ、小萩さん。昨日の幹太さんの句なんだけれどね」

「はい」

「亡くなったおかあさんのことを詠んだんじゃないかと思って。『過ぎた日の』なんてねえ」

須美にはめずらしく愚痴っぽい言い方である。

十二年前の暮れ、流行り風邪で亡くなったお葉は徹次の妻、幹太の母親だ。伊佐や留助にとってお葉はやさしくて頼りになる若おかみでもあった。

「たまたま五文字だったからじゃないですか？」

「それでもよ。さんまを焼いて全員でいただくのは、お葉さんがいらしたころから続いているんでしょ。だから、わざわざ室町の旦那さんやおかみさんにも声をかけるわけだし」

「でも、大勢で食べるとおいしいですよね。さんまが特別なご馳走だって、牡丹堂に来て知りました」

小萩は須美の気持ちをそらすように明るい無邪気な声をあげた。

須美は一瞬黙り、網を洗う手を休めずに言った。

「台所の水屋簞笥《みずやだんす》にお葉さんの茶碗と箸がまだ残っているの」

知らなかった。目に入らなかっただけかもしれないが。

「奥の方に大事にしまってあるの。幹太さんはやっぱり、おかあさんのことが忘れられないのよね」

――徹次さんはお葉さんのことが忘れられないのよね。

そんな風に聞こえた気がして小萩ははっとした。

けれど、須美はもう、いつもの快活な様子に戻っていた。

「さぁ、きれいになったわ」

すらりとした須美の後ろ姿が台所に消えていくのを小萩は見送った。

以前、留助はお葉についてこう言った。

――元気がよくてはっきりしている。明るくてしっかり者で、めそめそしない。ぴしっと一本芯が通っている。

それはそのまま須美を評する言葉でもあったのだが。


仕事場ではいつものように徹次と伊佐があんを煉っていた。留助はどら焼きの皮を焼き、幹太は隅のほうで白あんを丸めていた。

「生菓子をつくっているの？」

「ああ。黒糖風味の葛にしようと思っているんだ」

「葛で？」

小萩は徹次のほうをちらりと見た。葛桜や葛まんじゅうなど、葛は夏の菓子に多く使われる素材だ。

「親父に言ったら、まあ、いいんじゃないかって言われた。『月影』って菓銘にしようと思っている」

月影とは月の光、月の姿。月の光に照らし出された人や物の姿や、月の光によって障子などに映し出された物や人の姿や影を表す言葉だ。

月影は直枝の茶人としての号でもある。

幹太は銅のさわり鍋に水で溶いた葛粉をこしながら入れた。黒砂糖を加えて火にかけるとしゃもじでゆっくりと混ぜた。鍋が温まり、黒くどろりと濁った液体に半透明の塊が見えはじめた。幹太は鍋を火からおろし、すばやくかき混ぜていく。

黒灰色の葛の液体が重たげに筋を描いた。

幹太と向かい合い、小萩も手早くあんを包んだ。葛は指を染めるほどに熱い。最初のころは触れるのも大変だったが、今はすっかり慣れた。

蒸籠《せいろ》で蒸しあげると、みごとにつややかな葛饅頭となった。

「どんな感じだ」

徹次がやって来た。

「もう少し白あんが見えるかと思ったけどなぁ」

幹太は首を傾げた。伊佐と留助も寄って来た。徹次はひとつつまんで口に入れた。

「お客に出すときは井戸水で冷やすんだろ。ひんやりとした秋の月か。面白いじゃないか」

徹次が言う。

「たしか月影の影は光の意味だったよな。影も光。逆の意味になるのが面白いな。それで中が白あんか？」

伊佐がたずねた。

「まあな。でも、そのあたりはどうとってもらってもいいんだ。白い障子に月の影って思ってもらってもいいし」

幹太の顔がほころぶ。

小萩もひとつ食べた。蒸しあがったばかりの葛のみずみずしさが口に広がる。黒糖の甘さが余韻となった。

秋の葛菓子も悪くないと思った。

留助は何も言わない。もぐもぐと食べている。ちらりと見ると、目があった。

「な、やっぱり俺の言った通りだろ。恋だよ、恋」

そういう顔をしていた。

品物を届けに行った帰り、室町の隠居所に寄った幹太が帰ってくるなり徹次に伝えた。

「行ったら、じいちゃんが布団に横になっているんだよ。熱があって体がだるいんだってさぁ。顔色もよくないんだ」

「この間からずっとってことか？　飯は食っているのか？」

徹次が心配そうな顔になった。

弥兵衛は元気が自慢で少々の熱や腹痛は一日休めば治ってしまう。それが五日も長引いているということだ。

「ご飯をやわらかめに炊いて食べているって。ばあちゃんも疲れた顔をしていた」

「そうだなぁ。二人とも……」

いい歳《とし》だからという言葉を徹次は飲み込んだ。弥兵衛は七十近く。お福は六歳年上だから七十半ばになる。

「小萩、夕方でも手が空いたらたずねてみてくれ」

徹次は小萩に声をかけた。

「須美さんに頼んで夕餉のおかずを用意してもらいましょうか」

「そうだな。だけど、ちょっとでいいぞ。年寄り扱いするなって怒るから」

「分かりました。じゃあ、煮豆かなにかを少しだけ」

お福の気性をよく知っている徹次の言葉に小萩はうなずいた。


夕方近く、小萩は室町の隠居所をたずねた。

小さいながら庭があり、風情のある古家である。葉が赤く色づいている。縁側に弥兵衛が座ってぼんやりと庭を眺めていた。

「こんにちは。お加減どうですか」

小萩は声をかけた。

「うん、なんだかすっきりしないんだよ。困ったもんだ。……ほら、もみじがさ、今、ちょうど見ごろなんだよ。それで今日はどうした？　お福に用事か？」

「たまたま近くまで来る用事があったので。須美さんの煮豆も持って来ました」

「そうか。須美さんは煮物が上手だからなぁ」

弥兵衛は顔をほころばせた。

そのとき、お福が姿を見せた。

「あら、小萩、来てくれたのかい。悪いねぇ。じゃあ、ちょっと弥兵衛さんの相手をしてくれるかい。あたしは洗濯物をたたんじまうから」

「手伝いますよ」

小萩はお福の傍《そば》に寄った。

「いいんだよ。体が弱ったのか、急に人恋しくなったらしくてね、話し相手がほしいんだってさ」

そう言われて、小萩はあらためて弥兵衛の隣に座った。弥兵衛の顔が少し小さくなったような気がした。

「さっき幹太が来たけど、なんだか、張り切っているようなことを言っていたなぁ」

「最近の幹太さんはすごいですよ。この間も黒糖と葛で新しい菓子を考えたんです」

「そうだってなぁ。菓銘は月影か。面白いことを考えるよ、あいつは。……小萩、覚えているか、前に、幹太が菓子屋になりたくないって言っていたときがあっただろう」

「覚えていますよ。四年前の夏、友達三人でこっそり花火をあげようとしたんですよ」

「そうだ、そうだ。ひとり花火師の息子がいたんだよな」

「それは五郎《ごろう》さん。もうひとりは植木屋さんの息子の喜助《きすけ》さん。二人が修業に入ってもう、今までみたいに会えなくなるから、その記念の花火だったんです」

「あいつは言ったんだよ。おふくろは仕事場で倒れてそのまま死んでしまった。俺はおふくろがひどい風邪をひいていることを知っていたけど、なんにもしてやれなかった。その同じ仕事場に立つのが辛いんだって」

「あのときの旦那さんの言葉で幹太さんは変わったんですよ」

――死んだ人の魂を慰めるっていうのは、つまり、生きている人間の心を鎮めるってことだな。……悲しい、悔しい、ああすればよかった、こうしとくんだった。……取り返しがつかないことをくよくよ思う。……その思いでがんじがらめになっちまう。……だから、花火だ。空を見上げて、ああ、きれいな光になって散ったんだなって思う。自分の思いに区切りがつけられるんだ。……生きている人間ができることは、今、自分のできることを一生懸命やることだけだ。

「俺はそんなことを言ったのかい。覚えてねぇなぁ」

「言いましたよ。旦那さんはこうも言ったんです」

――お前は、その悔しい気持ちを……わしに引き取らせてもらえないか？　お前の代わりに、わしが背負う。それで、いつかお葉に会った時、謝る。

「キザな男だなぁ。嫌になっちまう」

弥兵衛は笑い、その拍子にせき込んだ。小萩は弥兵衛の背中をさすった。

「まったく意気地がねぇなぁ。ちょいと風邪をひいたぐらいで、なんだか気持ちまで弱っちまった」

「早く元気になってください。山野辺《やまのべ》藩のご機嫌うかがいは旦那さんが行かないとだめなんですよ。ほかの人じゃ、相手にされないんです」

「はは。そうだった、そうだった」

陰り始めた秋の空に白い月が浮かんでいた。

ふいに小萩の脳裡《のうり》に「月影」が浮かんだ。つやつやと光る墨のように黒い葛が真っ白なあんを包んでいる。

――過ぎた日の赤い花咲くさんま焼く
水屋簞笥の奥にしまわれているお葉の茶碗と箸のことが思い出された。

幹太、徹次、弥兵衛、お福、そして留助と伊佐。牡丹堂の人々の心の奥に、今もお葉の面影が大切にしまわれているのだろう。

小萩は弥兵衛と並んで白い月を眺めていた。

二

茶人の霜崖から次の茶会の菓子の注文を受けたので、伊佐と小萩でたずねた。

茶室に行くと、直枝が茶花を入れていた。りんどう色の着物に灰色の帯をしめた直枝は小萩たちの顔を見ると、小さく会釈をした。白い顔に凛とした大きな瞳が輝いている。伊佐は直枝の顔を見ると、一瞬、驚いたように目を見開いた。

直枝が手にした花は白地に紫色の斑の入った六弁の花びらがあり、その中央から突起が出て、しかもその先が細く割れた面白い形をしていた。

「めずらしい花ですね」

小萩は言った。

「これは杜鵑《ほととぎす》という花です。鳥のほととぎすの胸の模様と似ていることからこの名前がついたそうです。吉次郎さんの庭で咲かせたものを先ほど届けてもらいました」

「吉次郎さんの花はいつもみごとだ。おかげで茶会の楽しみが増えましたよ」

霜崖は相好をくずした。

「こちらでいかがでしょうか」

花を入れ終わった直枝がたずねた。

「ああ、よいと思いますよ。では、また明日、お願いします」

霜崖が言うと、直枝は道具を片付け、小萩たちに会釈をして去っていった。

「先ほど、直枝さんが幹太さんがつくったという菓子を持って来てくださいましたよ。あれは面白い。今回はあの菓子でお願いしたい」

「それは『月影』のことでしょうか」

伊佐がたずねた。

「そうですよ。自分の号と同じで恐縮だけれどと持って来てくれた。温かいけれど、どこか物悲しい。暗いけれど明るい。面白い菓子だ」

「そうおっしゃっていただけると、幹太も喜びます」

小萩は自分もうれしくなってそう言った。

「私も人生の黄昏《たそがれ》ですからね、こういう菓子に出会うと心惹かれる。幹太さんはお若いのに年寄りの気持ちが分かっていらっしゃる」

「いいえ。霜崖さんはそんなお年ではありません。まだまだお若いです」

小萩はお世辞でなく言った。

老舗大店の当主を退いた霜崖は白髪が増えたとはいえ、上背があり、肉の厚いがっしりとした体つきをしている。博識で偉ぶらない。良い年の取り方をしたと思わせる貫禄があった。

霜崖の茶室を出たとき、突然伊佐がたずねた。

「幹太さんはいつから直枝さんに茶花を習っているんだ？」

「夜咄の茶会以来だから、まだ一月も過ぎていないと思うけれど。どうして？」

「直枝さんは……亡くなったお葉さんにそっくりなんだ。顔だけじゃない。体つきも、話し方も……。あんまり似ているんで一瞬、言葉が出なかった」

言われて気がついた。

たしかに直枝と幹太は似ている。目や鼻の形だけではない。全体の感じに通じるものがある。けれど、そのことに幹太は一言もふれなかった。

「お葉さんは二十五歳で亡くなった」

伊佐がつぶやいた。

「直枝さんは三十三って言っていたかしら」

つまり、そういうことなのだ。

幹太は最初から直枝にひかれたのだ。それは今までとは違う本気の恋かもしれない。


幹太の恋については牡丹堂よりも周囲のほうが早く気づいていたようだ。

小萩が松屋《まつや》の隠居の八衛門《はちえもん》に注文の菓子を届けたとき、たずねられた。

「それで、その茶花の先生ってのは、そんなにすてきな人なのかい？　いや、うちのお結《ゆう》が言っていたからさ。幹太さんは茶花の先生に夢中だって」

「きれいな方です。きりりとして……。三年ほど前に大奥を下がって。あの、そうはいっても御部屋さまではなくて……、お清のほうなので大奥でも茶花を入れたりしていたそうです」

「年は？」

「三十三と聞いています」

「いい年ごろだねぇ。幹太さんもなかなか隅におけないねぇ」

八衛門は漆塗りの煙管に火をつけた。

松屋は紙入れ・財布・根付など上等の男物の装身具を扱う見世で、その主であった八衛門は洒落者である。この日も女郎花《おみなえし》色だろうか、緑がかった品のいい黄の羽織に、薄茶の着物を合わせていた。はなやかな色味が、八衛門の白髪交じりの髪によく映る。

その八衛門が目の中に入れても痛くないというほどかわいがっているのが孫娘のお結だ。日本橋小町と呼ばれる美形のお結は幹太を好いているらしい。

八衛門も幹太をかわいがり、馴染みの料理屋に誘ったこともある。とはいえ贅沢に育てられたお結と幹太とは住む世界が少々違う。振袖姿のお結が牡丹堂をたずねてみんなを驚かせたこともあったが、今は気の合う友達としてつきあっている。

「月影っていう二つ名があるんだってね。分かるよ。色味を抑えた無地の着物の襟元をきゆっと合わせ、帯も胸高にしめているんじゃねぇのかい？　ちょいと気が強くてね、こっちがうっかりしたことを言うとね、やさしい顔で厳しいことを言うんだよ」

「さすがですね。その通りの方ですよ」

八衛門は急に顔つきを変えた。

「幹太さんみたいな男はそういう、ちょっと手強そうな女に弱いんだよ。だけどさ、乙な年増を争ったらわしも幹太さんに負けるつもりはないよ。なんたってこっちは場数を踏んでいる。年の功ってもんだ」

「えっ？」

「だからさぁ、こっちも本気を出すって言っているんだ」

「いえ、あの……、ですから、どうしてそういうお話になるんですか」

「そりゃあ、そうだろう。大事な孫娘を袖にされてわしも少々腹を立てている」

強い目でぐいと小萩をにらんだ。

「いえ、幹太さんは本当にまじめな気持ちで茶花を習いに行っているわけですから……。そういう邪心といいますか……」

小萩はあわてて言葉を重ね、墓穴を掘ってしまう。

にやにやしている八衛門を見て、小萩はからかわれたのだと気づいた。

「まぁ、いいやね。そういうのも勉強のうちだ」

八衛門はすまして言った。

弥兵衛の微熱と咳が続いているらしい。幹太がたずね、徹次も行く。小萩も何度か惣菜を届けている。

惣菜を用意するのは須美だ。いわしやたこの煮物や青菜の和え物や煮奴などはみんなの分とは別に、食べやすいように細かく切ったり、柔らかく煮たりしている。

この日も小萩が室町から戻ってくると、須美がたずねた。

「旦那さんとおかみさんはどんなご様子でした？」

「旦那さんは縁側に座って庭を見ていました。私が行くと喜んで話をするんだけれど、以前と違って、このごろは昔の思い出話ばかりなの」

弥兵衛は昔の手柄話をするほうではない。それよりも釣りなどの趣味の話、今、世間で起こっていることに関心があるような人だった。

「あらぁ。それは困ったわねぇ」

「おかみさんがいないと気になるみたいで、あれこれ用事を言いつけるんですって」

「それじゃあ、おかみさんが大変じゃないの」

「疲れた顔をしていた。……でも、おかみさんが、これは一時のことだから、また元気になれば元に戻るからって」

「私がお手伝いに行こうかしら。短い時間でもずいぶん違うと思うの。二日に一遍ぐらいなら都合がつくわ」

「それじゃあ、須美さんが大変じゃないですか」

「ずっとじゃないもの。旦那さんの風邪が治るまでの間。だからね、そのときは、小萩さんにもいろいろお願いすると思うの。お見世のほうとか、台所の支度とか」

「もちろんです。分かりました」

小萩は答えた。

翌日の昼過ぎ、須美は室町の家にでかけた。何事も手早い須美は部屋の掃除をし、食事の支度をし、さらに庭の雑草を抜いた。くりくりと働いて弥兵衛の話にもつきあったという。

だが、夕刻帰ろうとしたとき、お福に言われたという。

「ありがとうね。本当にうれしいよ。助かった。須美さんはやさしいし、本当によく気がつく。だけど……、もうこれっきりにしてもらいたい。あたしたちは大丈夫だから。それから悪いけど、小萩に少し話したいことがあるんだ。明日でいいから来てもらいたいって伝えておくれ」

牡丹堂に戻った須美から言伝を聞いた小萩は思わず聞き返した。

「私にですか？」

「ごめんなさい。私が出過ぎたことをしたのかもしれないわ。おかみさんは少し気を悪くしたみたいなの」

「そんなことはないでしょう」

「ううん。顔には出さないけれど、あれは怒っていたのだと思うわ。私が余計なことをしたのが気にいらなかったのよ」

「そんなはずはないです」

押し問答になったが、呼ばれているのは小萩である。

翌日、昼過ぎに出かける支度をしていると、幹太がやって来た。

「俺も行くよ」

「いいの？」

「分かんねぇけどさ、ばあちゃんも胸にたまってるもんがあるんだろ。いいんだよ、俺のばあちゃんなんだから」

幹太は「すまないね」という顔で言った。

室町の家の玄関で声をかけると、お福が姿を現した。幹太の顔を見ると自然に頬がゆるむ。

「ばあちゃん。じいちゃんの加減はどうだよ」

幹太が明るい声でたずねた。

「うん、今日はだいぶいいようだよ。今、その先まででかけた。幹太も来たのかい。女同士のほうが分かりがいいかと思ったんだけどね、まぁ、ともかくおあがり」

茶の間に通された。小萩が茶を入れていると、お福がせんべいを出してきた。

「この先の見世で売っているんだけど、案外おいしいんだよ。たまには塩味もいいだろう。小萩もおあがりよ」

せんべいをかじりながら、隣の味噌問屋の女中が代わったとか、今年の紅葉はきれいだとか、他愛のない話をしばらくする。

頃合いを見計らったようにお福が切り出した。

「それでさ、須美さんと徹次さんはどうなっているんだい？」

「別にどうもないよ。仲がいいのはたしかだけど」

幹太が答えた。

「それで、あんたはどうなってほしいと思っているんだよ」

「そりゃあ、うまくいったらうれしいよ。須美さんはいい人だよ。親父にはもったいないくらいだ。だけど須美さんには子供もいるし、今すぐどうこうって話じゃないだろ」

須美は天日堂《てんじつどう》という仏具屋に嫁いだが息子をおいて家を出た。九歳になる息子の大輔《だいすけ》とは会うこともままならない。

「そうだよね。つまり、今のところ須美さんは二十一屋を手伝ってもらっている人だ。掃除や食事の支度、見世の客の応対と仕事も決まっている。ちょいと手伝ってくれって気軽に頼んだりしちゃ、いけないいんだよ」

お福はきろりと小萩を見た。

「でも、この話は須美さんから出たんです。大変そうだから、私がお手伝いにいきましょうかって言ってくれました」

小萩は声をあげた。

「そうだろうねぇ。あの人はよく気がつく人だから。で、その言葉を聞いて小萩はどう答えたんだい？　ああ、ありがたい、よかった、お任せしますって言ったのかい？」

「……はい。あ、ですから、須美さんがこちらに来ている間は、私が見世に立つことにしました」

そこまで言って小萩は気づいた。

小萩が見世に立つだけではだめなのだ。須美は牡丹堂とこの隠居所、二軒分の仕事をしようと言っているのだから。

「あたしはね、あんたたちに手間をとらせたくなかったからここに来たんだ。夫婦のことは夫婦でやる。いずれは世話になることがあるかもしれないけど、体が動くかぎりは面倒をかけないようにするつもりだったんだ。ちょいと寝込んだくらいで助けを借りるようなら、ここに移ってきた意味がないよ」

お福は強い調子で言った。

「そんな意地をはるなよ。みんなじいちゃんとばあちゃんのことを心配したんだからさぁ。それで須美さんが声をあげてくれたんだ。ありがとうって素直に受けてもいいいんじゃないのか」

幹太がなだめるような言い方をした。

「口だけだったらだれだってやさしいことが言えるよ。男の人たちは座れば飯が出てきて、いつも部屋が片付いている。それが当たり前だと思っているから、女の気持ちは分からないんだよ。だから、あたしは小萩を呼んだんだ。どうして、須美さんのことを、もっとちゃんと考えてくれなかったんだよ。今はまだ、よその人だって遠慮があるよ。仮にだよ、仮に須美さんが……牡丹堂の人になったらさ」

つまり徹次と夫婦になったらという意味だ。

「そしたら、当然という顔で、あたしや弥兵衛さんの世話も頼むのかい？　須美さんのことだ、やりたい、やらせてくださいと言うだろう。それが困るんだよ」

小萩はお福の真意に気づいた。

「すみません。そんなつもりはありませんでした。とにかく、この急場を乗り切ればいいのだと思って……。私は須美さんに甘えていました」

「小萩だって、牡丹堂に来てまだ数年だから言い出しにくいとは思うけどね、でも、あんたしかいないんだよ。小萩が声をあげれば徹次さんも、ほかの人も気づくことができる。別に須美さんに無理をさせないでも、手伝いの人を頼むとか、ほかにいくらでも方法はあるんだから」

小萩はうなずいた。

「よかった。分かってくれたんだね」

お福はほっとした顔になった。

嫁は給金のいらない使用人と思っている家もある。朝は誰よりも早く起き、夜は最後に休む。舅姑《きゆうこ》に仕え、夫に従い、子供を育て、使用人の先頭に立って働く。須美が嫁いだ天日堂はそういう家だったらしい。

須美はそれが嫁の務めと思い、励んだ。家の仕事をこなしただけではなく、新しい顧客を増やした。そうなれば、使用人も須美を頼りにする。傾きかけていた天日堂を立て直すことまでしたのだ。

そのことで夫に疎まれ、息子をおいて家を出ることになったのだけれど。

「それができてしまう人なんだ。だから、甘えちゃいけないんだ。そういう苦労はさせたくない。あたしたちの世話が必要になったときは幹太に頼むから」

「へっ。俺にお鉢が回ってくるわけ？」

幹太は顔をあげた。

「ぽかんとしているんじゃないよ。徹次さんは婿さんだけど、あんたは孫だ。頼めるのは幹太しかいないじゃないか」

「分かったよ。俺もそのつもりでいるから」

「うれしいねぇ。その言葉、たしかに聞いたよ。須美さんにも今の幹太の返事を伝えておくれ」

お福の下がり目がさらに下がった。

新しい茶を入れ、三人でせんべいをかじった。

小萩はいい折だとたずねた。

「まだ亡くなったお葉さんの荷物がいくつかあるのですが、こちらに運んでもいいでしょうか」

「おおかたのものは持って来たつもりだったんだけど、まだ、あったかい？」

「水屋簞笥の奥にお葉さんのものらしい茶碗と箸があったんですよ」

お福は一瞬だまった。

「そうか、悪かったねぇ。まだ、そんなものが残っていたか。しかし、まぁ、考えてみれば、あの家でお葉は生まれて育ったんだ。あの家のここかしこにお葉の気配が残っているよ」

お福はつぶやいた。

そのとき弥兵衛が戻って来た。

幹太と小萩の顔を見ると、弥兵衛はとたんに元気な様子をみせた。多少は無理をしているのかもしれないが、大きな声でよくしゃべった。小萩たちは一安心したのである。

西の空が赤く燃えて、人々は家路を急いでいた。

前を歩く幹太が思い出したように言った。

「この前、親父に言われたんだ。二十一屋は弥兵衛さんが起こした見世だ。自分は婿だ。

だから見世を引き継ぐのはお前だ。俺はその橋渡しだって」

「親方がそんなことを言ったの？」

「ああ。俺はびっくりした。二十一屋は老舗でも大店でもない。じいちゃんが始めて家族でやっているような小さな見世だ。引き継ぐもなにもねぇ。親父が好きにやればいいんだ。俺は俺で考えるからって答えた」

「そしたら……」

「そういうわけにはいかねぇって。大真面目な顔で言われた」

小萩は幹太の広い背中をながめた。小萩が牡丹堂に来たとき、幹太は二歳下の十四歳だった。幹太はいたずらな子猫みたいに、しょっちゅう小萩にちょっかいを出した。菓子屋を継ぎたくないとも言っていた。それが、とっくに小萩の背を抜いて、顔つきも職人らしくなっている。

「俺が牡丹堂を継いだら、おやじは見世を出るつもりなんだろうか。須美さんのことはどう考えているんだろう」

「私は今の牡丹堂が好きだけど」

「俺だってそうだよ。だけど、あと五年、それよりもっと早く、牡丹堂は変わるんだろうな。いや、俺が変えなくちゃいけないのかな？」

幹太が大人びた様子でつぶやいた。

その変わった牡丹堂の中心には幹太がいる。幹太の隣にはだれがいるのだろうか。

お結が浮かび、直枝に変わり、夕闇に溶けていった。

「直枝さんってお葉さんにそっくりなんですって？　伊佐さんが驚いていた」

幹太の肩がくいとあがった。

「そうだね。よく似ている。俺も最初会ったときびっくりした。あんまりそっくりで息が止まるかと思った。こういうこともあるんだなって思ったよ。……月影っていい名だよね」

明るい月が出ていた。

月影の「影」は「光」を意味するという。不思議な言葉だ。暗い影が明るい光と同じだなんて。

幹太の心の中には亡くなったお葉がいる。それは水屋簞笥の奥にしまわれたお葉の飯茶碗と箸のようにふだんは隠れて、人の目にふれないがたしかにそこにある。

直枝の心には清十郎という人がいるらしい。

伊佐の心にも死んだ母親がいる。

幼い伊佐をおいて突然姿を消した母親を、伊佐はけっして悪く言わなかったそうだ。大切に思っていた。大人になった伊佐の前に現れた母親は飲み屋で働く、すさんだ感じのする女で、伊佐に自分の借金を肩代わりさせようとした。それでも伊佐は母親を守ろうとした。自分はどうなってもいいから、助けたいとも言った。

亡くなった人はその人たちの心に影を落としているのだろうか。それとも、暖かい光を放っているのだろうか。

「前から聞きたかったんだけどさ、おはぎはいつ、伊佐兄のことを好きになったんだよ。最初のころ、おはぎは伊佐兄のことを怖がっていただろ」

思いついたように幹太がたずねた。

牡丹堂に来たばかりのころ、小萩は伊佐にはあまり近づかなかった。職人としての腕も確かで、徹次に信頼されていたが、伊佐には人を寄せ付けない、どこかひやりとするような冷たさがあった。隣の味噌問屋で働くお絹は伊佐のことが好きで、あれこれ噂をしたが、小萩はそんなふうな軽い気持ちで伊佐をながめてはいけないと思っていた。

「分からない。気がついたら、そうだった」

「気がついたらかぁ」

幹太のため息が聞こえた気がした。

「それは、伊佐兄のおふくろさんのことを聞いたから？」

「それはあんまり関係がない……。伊佐さんがぶっきらぼうで、人と付き合わないのは、おかあさんのことがあるからなのかなとは思ったけど。……でも、人を好きになるのは理屈じゃないでしょ」

「……そうだな」

「伊佐さんを見ると、なぜか端午の節句に飾る菖蒲《しょうぶ》の花を思い出すの。剣のように先のとがったつぼみが空に向かって伸びているでしょ。あんなふうにこぶしを、いつも振り上げているの。固くにぎった手の中にはきれいな色が隠れているんだから、こぶしを開いて見せればいいのに。そうすれば自分も周りも楽しくなるのにって思っていた」

「そのときから、伊佐兄のことが気になっていたんだ」

「……どうかしら」

小萩は照れて笑った。

「伊佐兄を変えたいと思った?」

「私が? 無理よ。そんな力は私にはないわ」

「でも、伊佐兄は変わったよ。よく笑うようになった」

「それはおかあさんをちゃんと見送れたからだと思うわ。伊佐さんは捨てられたんじゃなくて、おかあさんは帰れなかったんだってことも分かったし。長年心にあったわだかまりがなくなったんですもの。それはうれしいでしょ」

小萩は伊佐の話に夢中になって幹太の様子が変わったことに気づかなかった。

ふいに幹太の足が止まった。

空を見上げている。幹太の背中が揺れていた。

「まいったなぁ。このごろ、自分の気持ちを持て余すんだ。なんだろうな。うまく言えない。二つの気持ちで割れているし、いらだって、切なくて」

それは恋です。

小萩は言葉をのみこんだ。

いつの間にか日は落ちて闇が幹太を包んでいた。幹太は地面をしっかりと踏みしめて、まっすぐに立っていた。広い肩と頑丈そうな背中と丸い形のいい頭がわずかに揺れていた。

浮世小路に入って牡丹堂が見えて来た。待っていた須美が小萩の傍に駆け寄ってきた。

「おかみさんはなんておっしゃっていた？」

心配そうな顔をしている。

「こちらの仕事までしてもらったら須美さんに申し訳ない。よく気がついて働き者だからって、須美さんに甘えてはいけないって言われました。男の人は温かいご飯が出て来るのは当たり前と思っているところがあるから、私たちの大変さは分からない。それで、私が呼ばれたんです。でも、幹太さんも行ったから、このことは親方にも上手に伝えてもらいます」

「そんな、親方にまで……」

須美は困った様子になった。

「おかみさんはこうも言っていました。こちらの世話になるつもりはない。そのつもりで室町に越したんだから。もし、どうしても手助けが必要ならば孫である幹太さんが中心になって手伝いの人を頼むなりしてほしいと」

「そう、そんなことを……。お二人の帰りが遅かったでしょ。私が出過ぎたことをしたとお叱りを受けているのではないかと気をもんでいたのよ」

「おかみさんは喜んでいましたよ。だから、よけいに心配になったんですよ」

須美の顔がくしゃくしゃっとなった。

「どうしたんですか」

「だって……。ほら、人って受け取り方はさまざまでしょ。良かれと思ってしたことも、余計なことだとか、出しゃばりとか、人気取りとか……。だから、また、やり過ぎてしまったかなって」

「そんなこと、ありませんよ。みんな須美さんのことが好きなんです。須美さんが当たり前のようにやってくれるから、つい、私たちは甘えてしまうんです。そのことをおかみさんが気にしたんですよ」

お福が言っていたように、須美は今まで辛い思いをしてきたのだと小萩は気づいた。須美の心遣いを当たり前にしてしまって申し訳なかったと思った。

仕事場で菓子帖をながめていた小萩のところに幹太がやって来て言った。

「茶会を開こうと思うんだ」

「茶会を？　幹太さんが開くの？」

「そうだよ。稽古ばかりしていても上手にならない。自分で茶会を開くから身につくんだと以前、霜崖さんが言っていた」

「どなたを呼ぶの？」

「直枝さん」

「ひとりだけ？」

「そうだよ」

幹太の言葉には意志が感じられた。茶会という場を借りてなにを伝えたいのだろうか。

「昼から一時（約二時間）ほど見世を空けると親父には了解をもらった。そのときはおはぎにもお運びさんを手伝ってもらいたいんだ」

「幹太さんがお点前をしている間、水屋に控えていてお菓子を運べばいいのかしら。一度、いっしょにお稽古させてね」

以来、幹太は暇をみつけては熱心に点前の稽古をしている。

といっても正式な茶道具は牡丹堂にはないので、幹太は茶釜も水指も建水も同じような大きさの器で代用している。座敷の隅に座り、立ったり座ったり、茶をたてる真似をしたりを飽きることなく繰り返している。

徹次は何も言わない。

須美も伊佐も清吉も黙っている。

あれこれと気にするのは小萩と留助である。

小萩が井戸端にいくと、留助が座敷のほうを眺めながらおどけた調子で言った。

「若旦那は本気なんだな」

「そう思う？」

小萩はたずねた。

「そりゃあそうだよ。顔つきが違うもの。幹太さんは女の子に惚れられるけど、自分からなにかってことは今までなかったもんな」

「友達は多いけれど、特別に親しい女の人はいなかったわね」

「茶花のお師匠に惚れるなんて、さすがだよなぁ。俺なら最初から手が出ないもんだと諦める」

「留助さんはあの人の後ろ姿しか見ていないじゃないの」

「伊佐が驚いて帰ってきて俺にしゃべった。もう、それで全部分かった。お葉さんなんだろ。賢くて美人で、しかも死んでしまった恋人の面影を抱いているんだ。そりゃあ、まいっちまうよなぁ」

幹太は直枝とつきあうつもりだろうか。

年も違って、立場も異なるのに。二人に未来はあるのだろうか。

「いいじゃねぇか。人を好きになるのは理屈じゃないんだから」

小萩の気持ちに気づいたように留助が言った。

それからしばらく黙って二人で赤い曼殊沙華の花を眺めていた。

江戸でも指折りの札差《ふださし》、通称白笛《はくてき》の愛妾春霞《はるがすみ》は根岸《ねぎし》の別邸で暮らしている。注文の菓子を持って竹林に囲まれた屋敷をたずねると、春霞が待っていた。

「遠いところごくろうさん」

少ししゃがれた声で春霞は出迎えた。

形のよい鼻と細筆で描いたような切れ長の目をしたかつての吉原の花魁《おいらん》、春霞は和歌に通じ、琴を弾き、書をよくする。政治のことも、最近の海外の事情にも通じているが、庶民の暮らしは知らない。おそろしく世間知らずでもある。

「ああ、かわいらしい菓子だねぇ。午後からお客が来るからね、甘いものがお好きなんだ。喜んでもらえるよ」

根岸の別邸を訪れるのは白笛と特別に親しい、あるいは大切な客である。

この日の春霞は緑がかった黄の着物に、濃い茶に金茶の縞が入った帯をしめていた。磨き上げたしみひとつない白い肌に、着物の明るい色合いがよく映えた。

「きれいな色ですねぇ」

小萩は見とれた。

「花に合わせてみたんだよ」

棚においた薄青いギヤマンの花器に女郎花が入れてあった。ギヤマンは秋の空のように透き通り、女郎花は星屑のような小さな花をいっぱいにつけている。

「この前来た客が『女郎花は名前が悪いから茶花にはいかがなものか』なんて言うんだよ。

物知らずもここまでくると、恥ずかしいのを通り越して馬鹿馬鹿しくなってしまう」

　春霞の口元がわずかにゆがんだ。

「女郎花は『思い草』とも呼ばれて万葉の時代から歌われてきたものなんだよ。そもそも『女郎《じょろう》』は夫を持つ、身分のある女の人に使う言葉だ。悪い名前なんかじゃないよ。紫式部も歌に詠んでいる」


女郎花盛りの色を見るからに露のわきける身こそ知らるれ

　朝露がついて美しく染まった女郎花の盛りの色を見たばかりに、露がつかずに美しく染めてくれない私の身のことが思い知られますというような意味だ。

「紫式部が朝、部屋から外を眺めていたときに、藤原道長が女郎花を手に現れた。寝起き顔であった紫式部は、今が盛りと咲く女郎花と引き比べ、自分を恥ずかしく思って詠んだ歌だそうだ」

　紫式部は立派過ぎて怖い人かと思っていたが、こんなかわいらしいところがあるのかと思った。そう言おうとした小萩の口をふさぐように春霞は言った。

「こんな風に詠まれたら『いやいや、そんなことはありません。まだまだお美しいですよ』とかなんとか言わなくちゃならないじゃないか。それを分かっていて、こういう歌を詠む。紫式部っていうのは、なかなか面倒な女だったんだね」

そういう考えもあるのかと、小萩は驚いて春霞を見た。

「気持ちを試したり、駆け引きをしたりするのが楽しいって人たちもいるけれど、あたしは好きじゃないよ」

春霞は赤漆の細い煙管を指先で弄んだ。

「この前、霜崖さんのところの月影さんがうちの茶会で花を入れてくれたんだよ。すっきりとして野趣のあるいい花だったと、白笛がほめていた」

霜崖さんのところ。

「月影さんは霜崖さんのお弟子さんになるんですか？」

小萩がたずねると、春霞が呆れたような顔をした。

「なにを言っているんだよ。あの人は霜崖さんがお世話をしているんだよ。あのくらいの後ろ盾がなかったら、いくら大奥下がりでも、うちあたりの茶会には出入りできない」

「でも、あの方は……」

亡くなった清十郎さんという思い人がいて……。

小萩は言葉をのみこんだ。

どうして今まで気づかなかったのだろう。

直枝の実家は御家人であると聞いた。大奥下がりとはいえ、旗本ではないのだから、さほど余裕があるはずもない。夜咄の茶会のときの高価な茶釜や水指や建水、そのほか棗《なつめ》や柄杓や茶碗など、おびただしい道具類がどこから来たのか考えたこともなかった。

そもそも月影という号は霜崖がつけたという。

影が光。

亡くなった清十郎の面影を今も胸に抱いている直枝にふさわしい名だ。

霜崖には妻がいるのだろうか。

そのことを吉原育ちの春霞に聞くことはためらわれた。

「霜崖さんのお内儀は十年前に亡くなっているよ。以来、ひとりを通している。まぁ、そんなことはどうでもいいんだけれどね、あんたたちはそういうことを気にするから」

春霞は小萩の顔をのぞきこんだ。

「いい女にはいい男がつく。ふさわしい相手といっしょになる。それだけのことなんだよ」

「ええ、そうですけれど……」

小萩の頭には点前の稽古をする幹太の後ろ姿が浮かんだ。

牡丹堂に戻ると、小萩は伊佐を井戸端に呼び出し、聞いたばかりの話を伝えた。

「ねぇ、どうしよう。幹太さんはそのことを知らないわよね。だって、あんなに一生懸命、お稽古しているのよ」

伊佐は「なんだ、そんなことか」という顔になった。

「幹太さんももう大人なんだ。そんなことまで気を回すことはないよ。今までどおり、稽古につきあって、当日はお運びのお手伝いをしっかりやるんだ」

「伊佐さんは気づいていたの？」

「気づいていたもなにも、考えたこともない」

「だって……」

「忙しいんだ。仕事に戻る」

伊佐は行ってしまった。


その日の夕方、片付けをしていると幹太が押入れから花火を出してきた。

「どうしたの？　その花火」

小萩がたずねた。

「夏に買ったけど、その晩、雨が降って流れたんだ」

幹太は菓子屋仲間の若者の名前をあげた。

「俺がお結と親しいのを知ってから、あいつらなにかというとお結を連れて来いって言うんだ。だけど、お結は菓子屋の息子たちは野暮天ぞろいでつまらないって言うしさ」

結局、花火大会の仕切り直しはなく、幹太の手元に花火だけが残った。

「来年までおいてたら湿気ちまうし、それなら使ってしまおうかと思って」

「秋の花火かぁ。なかなか乙だな」

留助が笑う。小萩も乗り気ではなかったが、清吉だけが飛びあがって喜んだ。

「すごい、こんなにたくさんの花火。おいら初めてだ」

親を失くした子供たちばかりを集めた家で暮らして、清吉は子供らしい楽しみを知らないのだ。

「そうかぁ。清吉は花火で遊んだことがないのかぁ。それじゃあ、みんなで花火をしなくちゃなぁ」

伊佐が声をあげた。

「清吉さん。花火を持たせてもらいなさいよ」

須美も清吉に声をかけた。

「おお、どれでもいいぞ。好きなのを選べ」

幹太は清吉の前に花火を広げた。線香花火や棒の先に火薬をつけたもの、地面において火をつけるものなど、大きさもさまざま、包んだ紙も赤や黄に染められている。

「じゃあ、これ」

清吉は中くらいの大きさの花火を手に取った。

小萩は一回り小さいもの。伊佐や留助もそれぞれ、好きな花火を選んだ。ろうそくの火を移した。

紙が燃える音がして、突然、清吉の花火から勢いよく白い光が噴き出した。

「わぁ」

清吉は驚いて声をあげた。

「しっかり持ってろ。手を離すんじゃないぞ」

幹太が清吉の手の上に自分の手を添えた。

小萩の花火から「ぼっ」と大きな明るい光が溢れだした。伊佐の花火は柳のように筋を描いて落ちる。留助の花火は菊のような花になった。須美は線香花火である。

「なんだ、お前たち、こんなところで花火をやっているのか」

徹次もやって来て加わった。

「親方はこれだね。これしかないよ」

留助が筒になった花火を手渡した。突き刺して打ち上げるものだ。徹次が筒から伸びた紐に火をつけると、赤い火は紐を伝って筒に届く。耳をすますと、チリチリと火薬が燃える音がした。

シュッと短い音がして、火の玉が飛び出した。

一瞬、明るい光の花が開き、散った。

「きれいだねぇ。きれいだねぇ」

清吉が手をたたいた。みんなも笑顔になる。

「よし、次はどれがいい？」

幹太は清吉に次々と花火を持たせた。手持ちの花火は一瞬白い光を放ち、あたりを明るく輝かせ、消えてしまう。

長く楽しめるのは線香花火だ。

赤い雫《しずく》のような玉ができて、そこからパチッ、パチッと音を立てて赤い松葉のような火花が噴き出る。パチパチと音を立てながら松葉は数を増す。やがて少しずつ松葉は減って、細い糸を描くようになる。その糸も消え、赤い玉は小さな黒い玉になる。

「清吉さんも私といっしょに線香花火をしましょうよ」

須美が声をかけた。

「手を揺らしたらだめよ。赤い玉が落ちたら火が消えてしまうから」

清吉は須美の隣にしゃがんで線香花火に火をつけた。清吉の笑い顔が光に浮かんだ。うっかり手を揺らして玉を落として悔しがった。

「ほら、もう一度。今度は気をつけて」

須美が新しい線香花火を手渡した。

小萩は四年前の夏、幹太と五郎と喜助の三人が川原でこっそり打ち上げ花火をつくっていたことを思い出した。小萩と弥兵衛がその場に立ち会った。

五郎と喜助の筒からは煙があがり花火が飛び出した。

だが、幹太の花火の筒からはなかなか煙があがらなかった。

――なんだよ。おいらの火は消えちまったのかよ。

走りだそうとする幹太を弥兵衛が引き留めた。

――時間がかかっても、ちゃんとあがる。じいちゃんが見届けてやる。

昼の青さを残した空に光が散った。玉屋や鍵屋の花火のように大きく、華やかではなかったが、幹太にふさわしい瑞々《みずみず》しい輝きがあった。

あの日の花火は、それぞれの道を歩き始める三人が子供時代に別れを告げるためのものだった。

今夜の花火にもなにか意味があるのだろうか。幹太はじっと清吉の手元の花火を見つめている。

赤い小さな火の玉はチリチリと音をたて、細い糸のような光を放っている。その糸は弱くなり、まばらになり、赤い玉は光を失いつつある。

「ああ、消えた」

清吉が悲しそうな声をあげた。最後の線香花火が消えたのだ。

「楽しかったわねぇ。花火はまた来年ね」

須美が清吉の肩を抱いた。

「そうだぞ、清吉。さんまの次は花火で、落葉の季節になったら芋を焼く。楽しいことはまだまだあるぞ」

幹太が明るい声をあげた。


茶会の日、幹太は朝からひとりで菓子を用意した。もちろん月影である。一足先に菓子を持って出た幹太を追って小萩も直枝の家に向かった。備前の花器に女郎花が入っていた。奥の水屋から直枝と幹太の声が聞こえてきた。

道具について相談をしているらしい。茶会を開くといっても幹太は習い始めで、しかも直枝の広間の茶室と道具も使わせてもらうのだ。稽古の延長と言ったほうがよいのかもしれない。

それでも一通りの用意を終え、小萩も段取りを教えてもらうと、直枝はいったん退出した。

その日の幹太は、だれに借りたのか利休好みの灰緑のお召の着物に薄墨色の袴姿だった。髪もいつもの職人髷ではなく、町人好みの細い髷を結っている。それが細面で鼻筋がとおり、切れ長のきりりとした眼《め》の幹太によく似合った。幹太は緊張のせいか、口を真一文字に結び、強い眼差しをしていた。

直枝はくすんだ藤色の色無地に丸紋の帯をしめていた。豊かな黒髪から白い襟足がのびている。藍や薄墨の地味な着物しか見たことがなかった小萩は、直枝のあでやかさに目を見張った。

直枝は静かな眼差しで掛け軸や花、花入れを眺めた。

「見事に咲いていますね」

「吉次郎さんは明日が本当の見ごろだとおっしゃっていました」

水屋にさがった小萩の耳にそんな会話が聞こえてきた。

備前の花器は飾りのない筒の形をしていた。全体は茶褐色だが、よく見ると脇のあたりがわずかに赤味を帯び、黄に変わって味わいのある模様を描いていた。それは炎が偶然につくるもので、二度と同じものが生まれないのだと聞いた。

そこに幹太は女郎花を入れた。

まだ少しつぼみの残る女郎花は生き生きとして力強く、鮮やかな黄で、備前の花器がなおいっそう美しく見せていた。

その後、幹太は作法通りに水指や棗、茶碗を運び出した。一旦左手でとった柄杓を右手に持ち替え、釜の湯を茶碗に入れ、茶筅通しをして湯を建水にあける。茶碗を茶巾で清める。順番も置く場所も厳格に決まっている。そうした一連の所作を流れるように自然に行うのがよいとされている。

小萩は心配になって茶室の気配を探った。

茶室からは釜の湯のたぎる音、衣擦れのような、あるいは湯が茶碗に注がれるときのような音が聞こえてくる。

幹太の静かな息遣いや鼓動が聞こえるような気がして、小萩は苦しくなった。

清吉が手にした線香花火を思い出した。

パチッパチッと音がして松葉のような火が飛び出した。夜の闇に赤い火が燃えて、残像が残った。

しかし、本当に熱いのは火花のほうではなく、中心の赤い玉だ。楊枝の先ほどの膨らんだ小さな玉の中ではなにかが対流している。

玉が落ちたら終わるから、手を揺らしてはいけない。

清吉は指先に神経を集め、息を詰め、食い入るように見つめていた。

幹太は何を考えているのだろうか。

直枝はなにを思っているのだろう。幹太の思いに気づかぬはずはないのに。

小萩は棚に用意したつややかに光る月影を見た。

白でもなく、黒でもない。満ち欠けする月のように日々変わっていく。それが幹太の思う直枝なのだろうか。

小萩は菓子を運んだ。

菓子はもちろん、直枝と幹太の着物も色を抑えている。女郎花だけが鮮やかに咲いていた。それは直枝だ。

わずかに笑みを浮かべた直枝の横顔は美しかった。凛として涼やかでやさしく、内に熱いものを秘めている。

女郎花は幹太が選んだに違いない。

「思い花」という素直な気持ちを伝えたかったのか。

女郎花盛りの色を見るからに露のわきける身こそ知らるれ

いえいえ、まだ十分に若くきれいですよと思い人に告げているのだろうか。

さまざまな疑問や思いが小萩の胸にわきあがる。二人だけの茶会というから、特別な話をするのかと思ったが、会話らしいものは聞こえてこない。静かに時が過ぎていく。

小萩だけが水屋の隅でやきもきしているのだろうか。

茶会は終わった。

「お見事でした。よく精進なさいました」

直枝の言葉が聞こえた。

片付けを終えて直枝の家を出た。秋の日は空の高いところにあった。気持ちのいい風が吹いてくる。

「お疲れさまでした」

小萩は幹太に声をかけた。

「たしかに肩が凝るなぁ。やっぱり、俺は茶より、菓子なんだなぁ。この前、じいちゃんのところに行ったら、俺とまた菓子がつくりたいって言うんだよ。月影を見たら、そんな気になったんだって。中は白あんじゃねぇなぁ。俺だったらゆり根にするって言うんだ。俺だってそれくらいは考えたよ。だけど、今はゆり根の季節じゃねぇだろう」

幹太は饒舌だった。いつもの明るい快活な調子だった。

「幹太さんと菓子をつくろうなんて、旦那さんもすっかり風邪が抜けたのね」

「ああ、元気になってよかったよ。そういやあ、この間、松屋のご隠居にも道で会った。また遊びに来い、お座敷遊びを教えてやるって誘うんだ」

「幹太さんは人気ものですね」

「俺はじいちゃんにもてるんだ」

声をあげて笑った。

「女郎花って花は茶席に向かないって人がいるけれど、違うんだよ。『女郎』というのはもともと高貴な人の奥さんのことを指すんだ」

高貴な人の奥さん。

小萩は口の中で繰り返した。

「それもあって、女郎花がいいと思ったんだよ」

あっけらかんとした口調で幹太は言った。

「知らなかった。そうだったのね。時々、名前が嫌だっていうお客さんがいるけれど、今度、その話が出たらそう説明する」

小萩は「さすが若旦那」という顔で答えた。

そうか。幹太はとっくに気づいていたのだ。賢く、勘の鋭い男だもの。当たり前だ。

だから、今日の茶会だったのか。

幹太はこんな風に自分の好きという気持ちにけりをつけたのか。小萩は前を行く幹太の広い背中をながめた。もうすっかり、大人の体つきをしている。

二人は牡丹堂へ足を速めた。

西の空が茜色に染まりはじめていた。

阿古屋《あこや》のひみつ

一

菓子屋の職人たちの仕事の手が空くのは昼を過ぎた時刻である。菓子をつくるのは早朝で、明日のための仕込みは夕方から。その中間のぽっかり空いた時刻に井戸端に集まって雑談をする。

このごろ、留助が口にするのは息子の空助《そらすけ》のことばかりだ。

「昨日帰ったら、俺のことを待っていて寄って来ようとするんだよ」

留助が抱っこするときゃっきゃっと喜び、そっくり返ったり、抱きついたりを繰り返す。

「それが、このごろのお気に入りの遊びなんだ。ははははは」

頰を染めて笑った。

その笑い顔があまりに幸せそうなので、小萩は見とれてしまった。

「お前たちも早く子供をつくったほうがいいよ。面白いぞ。見ていて飽きないんだ」

「まぁ、留助さんがこんなに子煩悩になるとは思わなかったわ。それじゃあ、毎朝、家を出るのが辛いでしょう」

仲間に加わった須美がからかう。

「そうなんだよ。後ろ髪をひかれるっていうのはこのことだね。空助が泣くと、俺も泣きたくなる」

そう言って泣きまねをした。

小萩も子供に恵まれたら楽しいだろうなと思う。

けれど、次に考えるのは仕事のことだ。せっかくはじめた小萩庵。少しずつ菓子のことが分かって、生菓子やそのほかの菓子もひとりでつくれるようになった。

それらを中断、あるいは諦めることになるかもしれない。

――大丈夫だよ。赤ん坊を背負って見世に出ればいいんだ。お葉もそうしていたよ。

お福は簡単に言うけれど、若おかみのお葉と使用人の小萩が同じなはずはない。そもそもおしめに触れた手で、いくらていねいに洗ったとしても、客の前に出ていいのだろうか。臭いはしないのか。分からないことばかりだ。

伊佐はまた別のことを考えているようだ。

小萩がなにげなく、子供のことを口にしたときに言ったのだ。

「俺は早くに父親と別れたから、父親っていうのがどういうものか、よく分からない。俺みたいな者でも父親になれるのかな」

　実の父親はいなくても、弥兵衛や徹次がそばにいたではないか。牡丹堂は大きな家族のようなものなのだから。

　小萩はそう思ったが、口には出さなかった。

　子供ができたら覚悟が決まると、須美が言った。

　つまりは出たとこ勝負なのか。

　あれやこれや思いながら日々は過ぎていく。


　夕方、小萩たちが片付けを終えて帰り仕度をしていると、幹太が木箱を抱えて戻ってきた。このところ幹太は室町の弥兵衛の元に通い、いっしょに菓子をつくっている。弥兵衛は再び菓子づくりに意欲を燃やしているのだ。

「親父、今日、つくってみたんだ。ちょいと見てくれよ」

　徹次に声をかけると、伊佐や留助、小萩も集まった。

「へぇ。なんだ、これ？」

　留助が声をあげた。

　不思議な形の菓子だった。

色とりどりの突起のある煉り切りの丸い台座に、さまざまな色の丸いあんがのっている。首をのばしたカタツムリにも見える。

「ほう、あこやか」

徹次が言った。

「あこや」は西に伝わるひな菓子のひとつだ。「引千切《ひちぎり》」「いただき」とも呼ばれ、阿古屋《あこや》貝《がい》が真珠を抱いたさまを表している。

言われて眺めると、台座が貝の形に見えなくもない。

「それにして、なぜ、今、ひな菓子なんだ？」

伊佐がたずねた。

「ほら、市村《いちむら》座で『阿古屋』がかかるだろう。川上屋さんあたりに持って行ってみようかと思ってさ」

幹太はにやりと笑った。

この秋、市村座が『壇浦兜軍記《だんのうらかぶとぐんき》』の一部である『阿古屋』をかけ、人気女形《おんながた》の仲屋《なかや》咲五郎《さくごろう》が難役阿古屋に扮し、琴、三味線、胡弓《こきゅう》を弾くと話題になっている。

平家が壇ノ浦で滅んだあと、平家方の武将、悪七兵衛景清《あくしちびょうえかげきよ》は頼朝《よりとも》の命を狙っている。代官の重忠《しげただ》らは景清の恋人である傾城の阿古屋を捕らえ、景清の行方を問い質《ただ》す。阿古屋は知らぬと言い張る。重忠はその言葉に偽りがあれば音色も乱れるはずと、琴、三味線、胡弓の三曲を演奏させるのだ。

　白洲に引き出された阿古屋は豪華な打掛、髪を高く結い、簪《かんざし》や笄《こうがい》で装いをこらして登場する。

　阿古屋に扮した咲五郎がどれほどに美しいのか、まず、そこが見ものだ。

　さらに、景清を想う阿古屋の心情を描きつつ、三種類の楽器をいかに弾きこなすかというのも見どころである。

　呉服の老舗大店の川上屋は年に何度か、上客を招いて芝居見物にでかける。晴れ着を誂《あつら》えたら着ていく場所がなくてはならない。お仲間の衣装を見ると、今度はああいう色や柄も着てみたいなどと思うのが女心。それには歌舞伎は絶好の場所で、弁当を食べ、おしゃべりをし、粋で美しい役者の姿にうっとりして一日を過ごすのだ。もちろん、お土産もつく。

　牡丹堂はこの川上屋の芝居見物の折に注文を賜《たまわ》っている。

「『阿古屋』観劇の特製菓子ってわけか。さすが幹太さん、目のつけどころがいいねぇ」

　留助がしみじみとした声をあげた。

「いや、これは、じいちゃんが言ったんだ」

幹太は頭をかいた。

商いというのは良いものをつくるばかりでは発展がない。時と場所を選んで売る算段をしてこそ見世が潤うというのが、弥兵衛の考えだ。

しかし、職人肌の徹次はそこのところが少々苦手である。

このごろの幹太は弥兵衛から商いのコツも学んでいるらしい。

「歌舞伎だから思い切って派手な色にしたらどうかと思うんだ」

そんな風に言われると、伊佐や留助、小萩の菓子屋魂に火がつく。

それから四人で、紫と黄の組み合わせがいい、紅は絶対に入れたい。咲五郎にちなんで花の姿を入れたらどうかとあれこれ相談した。

「お、しまった。夢中になっていたら、すっかり日が暮れちまったよ。お滝と空助が待っている。悪いな。続きは明日」

留助は早足で帰っていった。

翌日、小萩と幹太はあこやの見本を持って、日本橋本町通りの川上屋をたずねた。

白壁の蔵造り、藍ののれんが下がった川上屋はこの日も客でにぎわっていた。

勝手口に回って名乗ると、おかみの冨江《とみえ》が出て来た。

「じつは、芝居の『阿古屋』にちなんだ菓子をつくりましたので、見ていただけないかと思いまして」

幹太は木箱を差し出す。

冨江は蓋をあけて眺めた。

「ほう、色はなかなかきれいだねぇ」

幹太は『阿古屋』の来歴などを手短に話す。嫁のお景は京びいきである。冨江は江戸っ子が自慢で京嫌いなので、そのあたりはさらりと語る。ちなみに、

「あこや貝は真珠の母貝でございます。美しい真珠は遊女阿古屋が命をかけた景清への真《まこと》。また、今回の役に向けて血の汗を流した、咲五郎さんもかけています」

「じゃあ、この中に真珠が入っているのかい」

「真珠に見立てた白小豆がひとつ、入っております」

客の前で幹太は商人の言葉遣いでよどみなくしゃべる。

「なるほど、面白いねぇ。うん。お願いするよ。だけど、これだけの菓子、うちだけじゃあ、もったいないねぇ。私からと言って咲五郎さんに持って行きなよ。あの人のお墨付きをもらったら、お客ももっと喜ぶからさ」

思わぬ形で進展があった。

咲五郎が気に入ってくれたら、それだけでも宣伝になる。芝居小屋の近くの出見世においてもらえるかもしれない。

「いい話になりそうだな」

川上屋を出ると、幹太は白い歯を見せて笑った。

芝居を観た女客の多くは土産を買うのである。川上屋の冨江は万事行き届いた人だから、招いたお客には土産を用意している。それでも、女たちは家族や使用人や近所の人のために菓子や手ぬぐいや子供のおもちゃなどをあれこれと買う。

出し物にちなんだ菓子ということになれば、こぞって買い求めるに違いない。

「忙しくなるわねぇ」

まだ決まったわけでもないのに、小萩も期待してしまう。

二人の足は速くなった。


市村座は人形町にある。江戸歌舞伎発祥の地といわれる所だ。歌舞伎だけでなく、人形浄瑠璃を見せる小屋も数多くできて、人形に関わる人が多く移り住んだため、こう呼ばれるようになった。

数ある芝居小屋の中でも市村座は人気が高い。遠くからでも、出し物や役者の名前を書いた紅に緑、青と色とりどりののぼりが見えた。

「今月は『双蝶々曲輪日記《ふたつちょうちょうくるわにっき》』で、来月が『阿古屋』ですって」

分かっていることだが、小萩は改めて言葉に出した。

とすると、来月はここかしこに『阿古屋』の文字がはためくことになるのだ。

芝居小屋の下足番に川上屋の冨江の紹介で、咲五郎に会いに来たと伝えると、稽古場をたずねるよう言われた。

稽古場は裏手の平屋の建物である。中から稽古中の役者の声が響いてきた。脇の戸をそっと開けると、板の間が見えた。中央に咲五郎と相手役で座長の仲屋竹也《たけや》がいた。

咲五郎は舞台に出る時の白塗りではなく、今は地のままで浴衣を着ている。

全体に華奢なつくりだが、首は太いし肩幅も広い。薄い浴衣一枚を通して胸や背中に固い肉がついているのが分かる。整ったきれいな顔立ちだが、あごが大きい。

絶世の美女という風には見えない。

竹也演じる代官、畠山《はたけやま》重忠も浴衣姿の地顔である。

かっと目を見開き、阿古屋に命じた。

『それ胡弓すれすれ』

阿古屋に扮する咲五郎は優雅な手つきで胡弓を手にする。

弦がふるえ、哀切な響きが流れ、咲五郎が唄う。

『あいと答えて気は張り弓、歌は哀れを催せる、時の調子も相の山』

阿古屋が見えた気がして、小萩は息をのんだ。

目の前にいるのは浴衣姿の化粧もしていない咲五郎だ。だが、同時に阿古屋でもある。

首も太いし肩幅も広い、あごが大きい。それでも、遊女の阿古屋が見える。

これが芸の力というものか。

『吉野竜田は花紅葉、更科越路《さらしなこしじ》の月雪も、夢とさめては跡もなし。あだし野の露、鳥辺野《とりべの》の、煙は絶ゆる時しなき、これが浮世の誠なる』

小萩は夢を見ているような気持ちで咲五郎を見つめた。

弾き終わると、咲五郎は舞台から下りて、つかつかと小萩と幹太の前にやって来た。

「川上屋の冨江さんのご紹介だって。どんな、用事かい」

しわがれた声でたずねられて、小萩はやっと夢から覚めた。

「菓子屋の二十一屋ですが、あこやという菓子をつくりましたので、咲五郎さんに見ていただけないかとお持ちいたしました」

「へぇ。面白いじゃないか。ちょいと、見せてもらおうか」

舞台の脇の一段高くなった板の間に腰をおろして、咲五郎が言った。

幹太はていねいな仕草で箱を開けた。

「ほう、紫と黄、紅と白、青と緑か。華やかできれいな菓子だねぇ。これが、あこやなのかい」

「京のほうに伝わるもので、あこや貝にちなみ、ひな祭りによく使われるそうです。ご存知のように、あこや貝は真珠の母。あこや貝の流した涙が美しい真珠になるそうです。このあこやには真珠にみたてた白小豆が一粒入っております。このたび、咲五郎さんは難役中の難役に取り組まれました。当たり役として、後世に伝えられるものと思います。この菓子は、遊女阿古屋が命をかけた景清への真《まこと》とともに、今回の役に向けて血の汗を流した、咲五郎さんの姿もかけています」

幹太は熱意を込めて語った。ゆっくりと分かりやすく、しかも心に響く話し方をした。いつの間にこんなに上手に語れるようになったのだろうか。

小萩は舌をまいた。

「つまり、この菓子はあたしのためのものだってことだ」

「その通りです。たとえばですが、『咲五郎さんの阿古屋』とでも菓銘をつけさせていただければ、大変、ありがたいと思っております」

「ふうん」

咲五郎は菓子をひとつつまんで口に入れた。

「味は悪くないねぇ。上にのっているのは真珠のつもり？　ずいぶん大きいけど」

「真珠を模した白小豆は中に入っています。上にのっているのは飾りと言いますか……。この姿があこやなんです」

「なるほどねぇ。……あたしの名前を使いたいっていうけど、まさかただってことはないよね」

ちらりと幹太に流し目をよこす。

「もちろん、それなりのご用意も考えております」

「それを聞いて安心したよ」

そこで芝居がかったようすで小首を傾げ、甘えた声をあげた。

「だけどさぁ、ものには順番ってものがあるんだよ。あたしみたいな若造が菓子に自分の名前をつけたりしたら、なに調子にのってやがんだって叱られちまうよ」

「だれが叱られちまうってか」

座長の竹也がのしのしとやって来て咲五郎の隣に座る。

「浮世小路の菓子屋の二十一屋さんなんだけどね。あこやって菓子を売りたいんだそうだよ」

幹太はまた最初から説明をする。

ほうほうと聞きながら、竹也は太い指で菓子を手に取ると口に放り込み、もぐもぐと食べた。

「うん。なかなかうまいじゃねぇか。色もいいよ。だけどさぁ、なんで、取っ手がついているんだ？　これじゃあ、あこや貝っていうより玉子をのせた柄杓じゃねぇか」

「いやだ、座長。うまいことを言うねぇ」

咲五郎が笑う。

「ですから、これが決まりの形なんです。引きちぎってつくるので『ひちぎり』とも呼ばれています」

幹太は辛抱強く説明する。

「二十一屋は曙のれん会にも入っておりますし、山野辺藩の御用も承っております」

小萩はすかさず言葉をはさむ。

ふだん、あれこれ文句を言っている曙のれん会も山野辺藩御用菓子屋も、こういうときには力を発揮する。

「まぁ、そこそこって見世ってことか。まさか、ただで名前を使わせてくれって話じゃねぇんだろ」

「もちろんです。ただ、細かいところは見世の主と相談しないと」

「なるほどねぇ。もうひとつ、じつはさ、この咲五郎は紫が似合うんだ。それで『團十郎茶』みたいに『咲五郎紫』ってやつを流行らせたいと思っていたんだ。この紫、もう少し青味を強くできねぇかい」

「煉り切りですから、いかようにもお色はつけられます」

幹太が答える。

「よし、分かった。その『細かいところ』ってやつは主とよく塩梅して、俺に相談してくれ。なにしろさ、女形はたくさんいるけれど、阿古屋をやれるのは十年にひとり、いや二十年にひとりなんだよ。俺はこの咲五郎をそういう役者にしたいと思っていたんだよ。いよいよなんだ。菓子の名は『咲五郎の阿古屋』だよ。そんで咲五郎紫なんだ」

「咲五郎紫のほうは、呉服の川上屋のおかみに伝えます」

「よし、頼んだよ。いい話になるといいなぁ。一月後にゃ江戸中の女が『咲五郎の阿古屋』を食べてるようにしたいねぇ」

竹也は商い上手な座長の顔になって言った。

見世に戻って徹次と相談し、金額を決めた。竹也も快諾した。そうなると、芝居小屋の外の見世でも売ってもらえることになるし、竹也や咲五郎から話を聞いた贔屓筋《ひいきすじ》がうちでも使いたいと言ってくる。かなりまとまった量の注文が入った。

川上屋の冨江に咲五郎紫のことを伝えると、こちらも笑顔を隠さない。

「いいねぇ。咲五郎紫は人によってはちょいと難しい色なんだよ。だけど、上手に合わせるとこれが粋なんだ。着物に半襟、襦袢《じゅばん》も悪くない。そうだ、手ぬぐいの染物と袋物屋にも声をかけておこう」

どうやら本当に一月後には江戸中の女たちが咲五郎紫に染まりそうな勢いである。

二

一月後、市村座の『阿古屋』は幕をあげた。竹也たちの目論見《もくろみ》どおり、大人気となって牡丹堂の「咲五郎の阿古屋」は売れ、江戸の女たちはこぞって咲五郎紫を身につけた。

そんなある日、日本橋の箸屋、膳由《ぜんよし》の嫁、花絵《はなえ》が牡丹堂を訪れた。膳由は名の知れた老舗の箸屋で、先代のころから牡丹堂を贔屓にしてくれている。甘い物好きの花絵は時おり見世を訪れて、奥の三畳で小萩とおしゃべりをする。

「こんにちは。今日はね、ちょっとお願いがあって来たの」

小萩の顔を見ると花絵は白い顔をほころばせた。

祝言をあげて五年目の二十三、子供はまだいない。ふっくらとした頰の丸顔で長いまつげに縁どられた大きな丸い目をしている。

花絵の話はいつも楽しく、面白い。一回り年上の夫の昌太郎《しょうたろう》と芝居を観にいって眠ってしまい叱られた話、姑といっしょに入谷《いりや》の朝顔市に行ってはぐれそうになった話、知らない見世に入ったら高い紅を売りつけられそうになって、下女と逃げてきた話。

「いい家に嫁いで幸せ」と花絵はいつも言う。それは花絵の心映えがそうさせているのだと思っている。

この日の菓子は「咲五郎の阿古屋」である。花絵は目を輝かせた。

「おとつい、昌太郎さんと阿古屋を観に行ったの。芝居小屋でもこのお菓子をいただいたし、お土産にも買ったのよ。でね、その晩、昌太郎さんとお茶を飲みながら面白かったわねぇ、上手だったわねぇって話していたんだけど……、あたし、つい言ってしまったの」

うさぎのように丸く、愛らしい瞳が一瞬曇った。

「あなたにも、あたしに言えないひみつがあったりして」

平家の残党、悪七兵衛景清の行方を白状させようというのが、『阿古屋』という芝居だが、膳由の奥の茶の間でもそんな話が展開したのか。

小萩は花絵の顔をまじまじと見た。花絵は口元だけで笑っている。

「あたしね、気がついてしまったの。あの人、よそに子供がいるのよ」

一瞬の間があいた。

「いや、それは、なにかの間違いだと思いますよ。だって、お二人はとても仲がよろしいじゃないですか。ご亭主は見るからにおやさしいし。お話を聞いていつもうらやましく思っていたんですよ」

「でもね、ひみつを持っている亭主っていうのは、妻にやさしいものなのよ。うちも、そうだったんだわ」

花絵は明るい青の地に白と紅の花を散らした着物だった。帯も黒と赤の蔦《つた》模様の昼夜帯である。若作りと言えないこともないが、童顔の花絵にはよく似合った。

湯のみを持つ手はぷっくりとして、短い指の先には丸い爪がある。胸も尻も丸く、ふっくらとして健康そうで、すぐにも子供に恵まれそうな体つきなのに、なぜか縁がなかった。

だが、舅《しゅうと》や姑からせっつかれることもなく、夫の昌太郎も「急ぐことはない」と言ってくれると、本人はいたってのんきに過ごしていた……はずだった。

「……なにがあったんですか？」

小萩は声をひそめてたずねた。

「呉服の川上屋から七五三の着物が届いたの。若い手代さんが持って来たわ。三歳の小さな女の子用の着物。間違えましたって、すぐに番頭が引き取りに来たんだけれど、誂えさせたのは昌太郎さんなの。……でも、七五三の着物よ。あれは身内が仕立てるものでしょ」

花絵は遠くを見る目になった。

「最初は意味がよく分からなかったの。昌太郎さんは人に物をあげるのが好きだから。義姉の子のお祝いは終わったはずだけど、まだ、だれかいたかしら……なんてね。だけど、番頭の様子がおかしかったのよ。勧め上手で、いつもはあれもこれもって反物を見せるのに、その日にかぎってそそくさと帰ったの。荷物が届いたのが昼過ぎだったんだけれど、夕方になって『変だな』っていう疑念がわいた。それが、すぐに『もしかしたら』に変わった。そう思った途端、『どすん』って体が地面に打ち付けられた気がした。膝ががくがく震えて、その晩は熱が出たって嘘をついて自分の部屋から出なかった」

「それじゃあ、その時はご亭主に確かめなかった……」

「一晩考えたの。向こうが黙っているのなら、あたしも知らないことにしようって思った。だって、そうすれば今まで通りでしょ。離縁したいとか、その子を膳由の養子にしたいとか言われているわけじゃないんだから。胸におさめて、これからも同じように、楽しく暮らして行こうと決めたのよ」

けれど、そうはいかなかったのか。

小萩は新しい茶を入れた。

「『阿古屋』を観て、その後、二人でぶらぶら町を歩いて、新しい紅を買ったの。家に帰ってお茶を飲んで『咲五郎の阿古屋』を食べていたら、この人はあっちの家でも、こんな風にやさしい顔でくつろいでいるのかしらって思った。悔しいっていうか、ばかばかしいっていうか。それで、気づいたら、あの言葉が出てしまったの」

――あなたにも、あたしに言えないひみつがあったりして。

「『なにを言い出すんだ、突然』なんて慌てるの。目が泳いでいて。嘘がつけない人なのよね。……ねぇ、猿とらっきょうの話を知っている？」

突然、花絵がたずねた。

「らっきょうですか？　甘酢漬けにする？」

「そう。猿にらっきょうを与えると、一枚、一枚皮をむいて芯までむいて、なにも出てこないって怒るんですって。だから猿は頭が悪いって話なんだけれど、あたしも、らっきょうの皮をむこうかと思って。今の幸せを手放すことになるかもしれない。後戻りできないところに踏み込むかもしれない。それでも、皮をむかずにはいられないのよ」

「つまり……、そのぉ……、調べるんですか」

妾宅とか、子供という言葉をのみこんだ。

「もう調べたわ。川上屋の番頭を呼びつけたの。この前の着物の届け先を教えろって迫ったの。教えなかったら、今後、いっさい、お宅との付き合いは止めさせてもらうって脅した」

花絵もなかなかの剛腕である。

番頭は自分がしゃべったことは絶対のひみつ、他言無用にしてほしいと何度も念を押し、ようやく重い口を開いた。

「その女は律《りつ》って言うんですって。住まいは人形町の松島《まつしま》神社のあたりよ。まぁ、ほどよい距離よね」

突き放すように言った。

小萩はだんだん花絵が恐ろしくなってきた。小萩が知っている花絵は、いくつになっても少女のようなかわいらしさを持つ、苦労知らずの幸せな女房だった。その花絵が口をへの字にして目に怒りを溜めている。

「それでお願いなの。申し訳ないけれど、菓子を届けてもらえないかしら。あっちの家に。そのとき、あたしもいっしょに行くから」

つまり、松島神社の近くに住む律をたずね、様子を見て来ようというのである。

「私がですか」

困ったと思った。

「お願いします。あたしひとりじゃ、行けない」

「でも……」

「あたしを助けると思って。もちろん、名乗るわけじゃないわ。お宅の名前も出さない。菓子を届けに来たんだけど、その家が分からなくなったからとか、なんとか口実をつけるから」

そう言って「咲五郎の阿古屋」がのっていた皿を指ではじいた。

――そもそもの原因は「咲五郎の阿古屋」なのよ。

そう言わんばかりである。

花絵の目はぎらぎらと光っていた。本気の顔である。

断ったら、今後いっさい、お宅との付き合いは止めさせてもらうと言いそうな目だ。

いや、言うだろう。

それくらい思いつめている。

小萩は川上屋の番頭の気持ちが分かった。

しかし、番頭は住まいを教えるだけである。小萩は家まで行くのだ。相手の女の顔を見る。三歳のかわいい盛りの子供が出てくるかもしれない。

小萩は三日月眉でやや受け口の昌太郎のやさしげな顔を思い出した。

娘が父親そっくりだったら。突然、花絵が怒り出したら。泣いたりしたら。向こうの女がこちらの素性に気づいたら。

一度にたくさんの事柄が頭に浮かんだ。

「お願いね。こんなこと、小萩さんしか頼める人がいないのよ」

花絵の短い丸い指が小萩の手をしっかりと握っていた。爪が手の甲に食い込んでいる。

「分かりました。ごいっしょします」

小萩は答えていた。

あまりに深刻な話だったせいか、花絵を見送った小萩は気分が悪くなってしまった。台所の隅にしゃがみこんで休んでいると、須美が心配して背中をさすってくれた。

「須美さん、どうしよう」

奥の三畳で聞いた話は他言無用ということになっているが、今回ばかりは黙ってはいられない。事の次第を説明した。

「そうねぇ。でも、ついて行ってあげたら。花絵さんだってほかに頼む人がいなかったのよ。ひとりであれやこれや悩むより、ちゃんと向き合ったほうがいいわ。いずれは分かることなんだから」

亭主と心が離れ、一人息子をおいて婚家を出ることになった須美の言葉は重い。

「そのために膳由を出ることになってもですか？」

「仕方ないの。それが花絵さんに必要だったってことなの」

須美はきっぱりと言う。

小萩の頭の中の花絵は背を丸め、らっきょうの皮をむいている。

それを小萩が見届ける役になるのか。

重責を感じて、また胸が苦しくなった。

約束の午後、花絵は奉公人のように髪を小さくまとめ、地味な縞の着物を着て現れた。

「お寺のお手伝いを頼まれたって口実で着替えたのよ」

笑顔が硬い。秋の日は穏やかでどこからか金木犀《きんもくせい》の香りが流れてきた。

「あたし、川上屋が持って来た七五三の着物が忘れられないの。手毬《てまり》の柄なのよ。かわいくてねぇ」

つぶやきながら花絵の足は速くなる。

「あたしに会う前のことだったら、まだ許せたと思うの。でもね、三歳ってことは、あたしといっしょになってからでしょ。あの人はあたしには『子供は授かりものなんだ。焦ることはないよ』なんて言いながら、別の女に子供を産ませていたのよね」

昨夜は寝ていないのか、花絵の顔色は悪かった。

「落ち着いてください。まだ、そうと決まったわけじゃないですから。それを確かめに行くんですから。ご亭主を信じてあげましょうよ」

小萩はやんわりとなだめる。

「そうよねぇ。そうだったわ。でもねぇ。……ああ、七五三の着物なんか見なければよかった」

花絵はうなる。

それから二人はしばらく黙って歩いた。

華やかな日本橋から橋を渡ると町の景色もずいぶんと変わる。表通りには小さな見世が並び、人の数も減った。

花絵は突然、しゃべりだした。

「お舅さんも、お姑さんも、昌太郎さんがよそに子供をつくったこと、知っていたのかしら。知っていたのよねぇ。だから、あたしにはなにもたずねなかったのよ。三年子無きは去るなんて言うでしょ。あたしは祝言をあげて五年も経つのに、なんにも言われなかった。いいご両親だって思っていたけど、こういうからくりがあったたんだわ」

「いや、ですから、まだそうと決まったわけではないですから。仲の良いお友達のお子さんということもありますよね」

小萩は反論を試みる。

しかし、花絵の心の中では、昌太郎がよそに子供をつくったことは決定事項となり、次から次へと悪い想像がうまれている。

「昌太郎さんは子供好きなの。義姉の子供が遊びに来るでしょ。抱っこしたり、ほおずりしたりするのよ。姉の子供たちもよく懐いて膝を取り合うのよ。どうして、こんなに子供に好かれる人かと思っていた。あたしは小さな子とどうつきあっていいのか分からない。首の座らない赤ん坊なんて、怖くて抱っこできないわよ。……そりゃあ、そうよね。昌太郎さんには自分の子供がいたんだもの。あっちの家で抱っこしたり、膝にのせたりしていたんだわ」

小萩はまた胸が苦しくなってきた。

そんな風にしゃべり続けながら花絵の足は驚くほど速い。小萩はついていくのがやっとだ。気づくと松島神社の近くまで来ていた。

鳥居の先はうっそうとした木立に囲まれていて、中から子供の声が響いて来た。

その途端、花絵は身を固くし、はっと息をのんだ。

「あれは神社で遊ぶ大きな子供たちですよ」

小萩が伝えると、花絵は安心したように息を吐いた。

「そうよね。あたしったら、なにを怖がっているのかしら、だって、あたしは昌太郎の女房なのよ。向こうがすみませんって、謝らなくちゃならないのよ」

花絵は強い調子で言った。その声が少し震えている。

歩みは急に遅くなった。

神社の脇の道を入ると、その先には仕舞屋《しもたや》が続いている。

「どのあたりかしら」

花絵はつぶやいた。

分からないはずはない。

もう何度も二人で地図で確かめたのだ。角から三軒目の家である。

生垣で囲まれた小さな古い家の前に立つ。家の前は掃除がしてあって、落葉ひとつ落ちていない。玄関の脇に種をつけた朝顔の鉢があった。

入谷の朝顔市で買ったのだろうか。

昌太郎と律と娘の三人で出かけたのか。

隣を見ると口をへの字にした花絵が朝顔の鉢をにらみつけていた。

花絵が小さく目で合図を送ってくる。

店の名は出さないつもりだったが、そういう訳にもいかない。

小萩も腹をくくり、大きな声で訪った。

「日本橋の二十一屋です。お届け物にあがりました」

気配があって玄関の戸が開いた。

「お届け物？　なにかしら」

「お菓子です。最中と羊羹をお持ちいたしました。送り主は川上屋さんです」

「川上屋さん？　呉服屋さんの？　お菓子を？」

律は黒目勝ちの強い目をした凜々しい美人だった。年は二十をいくつか過ぎたくらいか。

浅黒い肌で背が高く、顔は小さいが肉付きのいい堂々とした立派な腰をしている。

やわらかな肉に包まれた花絵とは対照的な体つきだ。

「かかさん」

女の子が走り出て来て律の腰に抱き着いた。ふっくらとした頰の健康そうな子供である。

「光《みつ》、ちょっと待ってね」

そうか。この子は光という名なのか。小萩は心に留める。

「こちらさまは律さまで間違いはございませんでしょうか」

「はい。私が律です。たしかに受け取りました。ありがとうございます」

律ははきはきと答え、頭を下げた。


花絵は松島神社を過ぎ、日本橋を渡るまでずっとだまっていた。

「お疲れではないですか。少し休みましょうか」

小萩は赤い旗の出ている水茶屋を指差した。

「そうね。そうよね。足が痛くなったわ」

花絵は小さな声でつぶやいた。

赤い毛氈《もうせん》を敷いた水茶屋に座って熱い茶と団子を注文した。

小女が茶を持って来て、その茶が冷めるほどの長い時を花絵は沈黙していた。

やがてぽつりと言った。

「ああいう人が昌太郎さんの好みだったなんて、初めて知ったわ」

「でも、まだ、あのお子さんが昌太郎さん……と決まったわけではないですよね。お子さんのお顔をご覧になりましたか」

　小萩は辛い気持ちでたずねた。

「……そんなの見る余裕はなかったわ。それに、子供の顔はよく分からないのよ。どの子も同じように見えるの。子供の顔は子供の顔じゃないの」

「そうですよね。私もそうです」

　小萩も答えた。

　花絵は団子を口に運ぶと、もそもそと噛《か》んだ。

「悔しいわ。どうして世間の人たちはポンポン子供を産むのに、あたしは授からないのかしら」

　小萩は返す言葉を持たない。

「ねぇ、仮によ。あたしが子供を産んだとしてよ、それが女の子だったら次は男を産めって言われるわよね。それで男を産んだら、一人じゃかわいそうだ、もう一人産め。子供は兄弟に揉まれて育つものだからって言われるのよ。……あそこの家は二人だ。こっちは三人だって」

　花絵は宙をにらんでいる。

「……ねぇ、どうして、女ばかりがそんな風に子供を産めって迫られなくちゃならないの？　子供を産んで女は一人前だって、だれが決めたの？」

ぎりぎりと歯ぎしりをするように言葉を吐いた。

「そういう言葉には耳を貸さないほうがいいんじゃないですか」

「だって、それが世間の声なんだもの。お舅さんも、お姑さんも、昌太郎さんも言わないけれど、その声はあたしの中から聞こえてくるの。耳をふさいでも、ささやき声となって響いて来るのよ。法事とか、親戚の婚礼とか、そういうときにはとくに。あたしはこの五年、ずっとその声に悩まされてきた。のんきなふりをするしか、ないじゃないの」

「辛かったですよね」

「ずるいじゃないの。あの人だけ勝手に親になって。一抜けで楽をして。それじゃあ、あたしはどうしたら、いいのよ」

わあっと声をあげて花絵は泣いた。手に持った手ぬぐいを力任せに引っ張った。

隣の客が驚いたように花絵を見た。小萩は花絵の背中をやさしくなでた。

少し落ち着いた花絵は顔をあげると、きっぱりと宣言した。

「仕方がないわ。私はこれまで通り、知らないふりをする。見ざる聞かざる言わざるよ。それでいいの。それしかないの」

らっきょうの皮をむくのはやめたのか。小萩は花絵の顔を見つめた。

「それもひとつの方法だとは思いますけれど、大丈夫ですか？　だって、花絵さんはもう、律さんとそのお子さんに会ってしまったんですよ。ご亭主には今日のことは言わないんですよね。黙っているということは、花絵さんもひみつを持つということですよ。苦しくないですか？」

――あなたにも、あたしに言えないひみつがあったりして。

その言葉は、そのまま花絵に返って来た。

花絵も嘘が得意なほうではなさそうだ。

「そうよね。小萩さんは正しいわ。あたしはお腹に溜めておける性分じゃないのよ。それに、向こうも気がついたかもしれないわね。突然、変な二人がやって来て、心当たりのない菓子をおいていったんだもの」

もう少し工夫すればよかったのかもしれないが、小萩もこうしたときに、さほど知恵がまわるほうではない。

「むきはじめたらっきょうの皮は最後まで、むくしかないのかしら」

前言撤回というところか。

小萩はあいまいにうなずく。

それは花絵の決めることではあるけれど。

「思い出したわ。あたしは決心したのよ。今の幸せを手放すことになるかもしれない。後戻りできないところに踏み込むかもしれない。それでも、やるって」

花絵は自分に活を入れるように勇ましく言った。

「ありがとう。昌太郎さんと向き合ってみる」


牡丹堂に戻ると、夕方になっていた。須美が台所から出てきて心配そうにたずねた。

「どうでした？　あちらの方に会えたの？」

「はい。律さんは背の高い、きれいな人でした。はきはきとして。花絵さんとはまったく違う感じの人でした。花絵さんも、それで……少し傷ついていました」

「お子さんのお顔も見たの？」

「とても元気そうなかわいらしい子供でした。ご亭主に似ているかどうかはちょっと……」

「そうだったの。お疲れさまね」

須美は短く答えた。

小萩は見世に行って番をしてくれていた留助と代わった。

夕方なので客は少なく、小萩は片付けに入った。

手を動かしながら気持ちはもやもやしていた。

——ねぇ、どうして、女ばかりがそんなふうに子供を産めって迫られなくちゃならないの？　子供を産んで女は一人前だって、だれが決めたの？

花絵は言った。

小萩は今まで夫婦となったら子供ができるのは当たり前だと思っていた。もちろん、そうでない人たちもいるけれど、そういう人たちのことを考えたことはなかった。

お産は命がけの仕事なのだ。

亡くなる人もいるし、死産ということもある。

鎌倉のはずれの実家のあたりでは、嫁は臨月まで働くのが当たり前で、重い物を持ったり、魚をさばいたり、貝をむいたり水仕事で体が冷えて流産したという話も聞いた。

無事に生まれても子供は病気をよくするから、早くに亡くなってしまうこともある。弥兵衛とお福の最初の男の子も幼くして亡くなったと聞いた。

それでも、いや、だからこそ、人は子供を望む。

子供は未来で希望で喜びだからだ。

留助は無邪気に言う。

——お前たちも早く子供をつくったほうがいいよ。面白いぞ。見ていて飽きないんだ。

けれど、その言葉は時に、人を傷つける。

もし、自分が花絵の立場だったら。

考えただけで、ぞっとした。

――その声はあたしの中から聞こえてくるの。耳をふさいでも、ささやき声となって響いて来るのよ。

花絵の中には申し訳なさや、残念な気持ちや悔しさやいろいろなものがあったのだろう。それを心の中にしまって、明るく無邪気にふるまっていたのだ。

だから怒っているのだ。

しかし、それは花絵だけのことではない。もしかしたら小萩だって同じ立場になるかもしれないのだ。

その晩、小萩は伊佐にたずねた。

「ねぇ、もしもよ、あたしたちに子供ができなかったら、伊佐さんは残念だと思う？」

伊佐は突然の問いにとまどった様子になった。

「俺は……どっちでもいいよ。子供は授かりものなんだから。できなかったら、それなら、それで仕方ない」

「でも、留助さんはあんなに楽しそうでしょ。うらやましくならない？　それに、子供がいないと年取ったら淋しいでしょ」

「年を取ったときのことなんか、分からないよ。子供で苦労している人だって多いじゃないか。一体、小萩はなにを心配しているんだ？」

「心配しているんじゃないの。そうじゃなくて……」

このもやもやした気持ちをどう説明したらいいのだろう。男の伊佐に、ちゃんと伝わるのだろうか。しゃべっているうちに、また気分が悪くなって、胸のむかつきがなかなか消えなかった。


何日かして花絵が牡丹堂を訪れた。近頃人気の咲五郎紫の帯をしめていた。すぐに須美が奥の三畳に案内した。

小萩の顔を見ると、花絵はおどけた様子で言った。

「やっぱり、言えないの。そのまんま」

「ご亭主は、それで……」

「なんにも言わない。いつもどおり。ふつうの顔をしている。仲良し夫婦」

口元はほころんだが、目が笑っていない。

須美がほうじ茶とうさぎの薯蕷饅頭を運んで来た。

「うれしいわ。いろいろな見世でうさぎのお饅頭をつくっているけど、あたし、お宅のものが一番好き。お味もだけれど、顔がかわいいでしょ」

「ありがとうございます。職人に伝えたら喜びます」

小萩は答えた。

それから、花絵は浅草のなにがしという見世の豆腐田楽が絶品だとか、両国のなんとやらいう見世の紅は色がきれいだと楽しそうに話した。すっかりいつもの花絵らしい様子だった。

だが、二杯目のお茶を飲んだ時、花絵は急に黙った。

「向こうの家をたずねたことね、昌太郎さんも知っているようなの。でも、なんにも言わない。今日だって、あたしが出かける支度をしていても、どこに行くのかともたずねなかった」

花絵は空を見つめた。

「一日経つと一日分、二日過ぎれば二日分、言い出しにくくなる。昌太郎さんは何を考えているのかしら。もう、あたしのことなんか、どうでもいいんじゃないのかしら」

「そんなことはありませんよ。ご亭主も花絵さんのことを気遣っていると思います。だから、言葉が出ないんです」

「だと、いいんだけど。あたしね、こんな仕打ちにあっても、やっぱり昌太郎さんが好きなのよ。やさしいし、いっしょにいると安心なの。あたしは今が幸せで、この幸せを手放したくないの。向こうには子供がいるから……、昌太郎さんがそうしたいと言ったら、あたしが出ていくことになるから。……でも、もう、実家に戻るわけにはいかないのよ。おっかさんは世間体を気にする人だし、弟も所帯を持ったから家に戻ってもあたしのいる場所はないから」

花絵は思いつめたような目をした。

実家は両国の医者だと聞いたことがある。裕福な家のはずだ。それに花絵はれっきとしたお内儀である。それでも、嫁の立場はこんなにも弱いのか。

小萩は暗澹《あんたん》とした気持ちになった。

それからも花絵は牡丹堂をたずねてきた。

小萩はそのたびに奥の三畳で話し相手になった。

話すのは相変わらずおいしいものや、きれいなもの、流行りのものである。楽しそうにしゃべる。

けれど、会うたびに花絵はやつれてきた。ふっくらとした頬がこけて、丸かったあごがとがってきた。

小萩は悲しい気持ちでながめた。

市村座の『阿古屋』は連日、大入り満員が続いている。小萩たちも交代で観に行った。後ろのほうの席ではあるが。

地顔を知っている小萩も、舞台の上の咲五郎を見て胸をつかまれたような気がした。あごが大きいことも、首が太いことも忘れてしまった。

少ししゃがれた声がいい。

白い指先が美しい。流し目で見られると、ぞくりとするほど色っぽい。

琴、三味線、胡弓を見事に操っているのもすばらしい。

それに伴い、二十一屋の「咲五郎の阿古屋」もつくるのが間に合わないほどの大人気となった。

もちろん他の菓子屋も追随し、「吾子也」、「あこ矢」とさまざま銘打った菓子が生まれた。渋い顔をしているのは京下りの菓子屋だ。あこやは本来、ひな菓子で秋に売るのは恥ずかしいというのがその趣旨だ。

つまりは、それほど話題になっているのである。

朝一番の仕事は大福包みだったが、今は、あこやに変わってしまった。

前の日の夕方、白こしあんを炊く。

白あんは白小豆でつくることもあるが、あこやに使うのは手亡豆《てぼうまめ》といういんげん豆だ。

大鍋でやわらかくゆでる。

その後、下に桶をおいたざるにあけ、水をかけながら豆をつぶしていく。ざっとつぶすと、ざるの上には豆の皮が残る。しかし、まだ皮の中には呉と呼ばれる豆の中身が残っている。皮がぺたんとくっついて平らになり、中の呉が全部出尽くすまで繰り返すのだ。

さらに桶にたまった水と呉を馬毛のこし器に通す。水をかけながら、細かい皮を取り除くのだ。最初は粗いこし器で、だんだん目が細かくなり、最後は向こうが見えなくなるほど細かいこし器にして、小さな皮も取りのぞく。こうすることで、なめらかな口どけのよいあんができるのだ。

こし器の下においた桶には、呉が溶けたどろどろの水が溜まっているから、水を何度か変えながら上澄みを捨て、さらし布で絞ると生成り色の生あんができる。

ずいぶんと根気と手間のかかる作業だが、これで五合目。

ここからが本番で、砂糖を加えてあんに炊くのだ。

銅のさわり鍋で砂糖と水を熱し、ぶくぶくと泡が立っているところにさきほどの白生あんを加え、木べらでかき混ぜながら強火で熱していく。白い筋ができるくらいになったら、一気に煉り上げる。

かんかんと燃えるかまどのそばは暑い。粘度を増したあんを混ぜるので力がいる。木べらを扱う徹次や伊佐、幹太、留助はいつも汗びっしょりになった。

翌朝、もう一度、白こしあんに火を入れ、その間にもち粉を水で煉り、小さく丸めてゆでる。

白こしあんがまだ熱いうちに、ゆでたもち粉を加えて木べらで煉り、こし器でこし、さらし布で包んでもみこむ。

煉り切り生地に徹次と幹太で色をつける。

紫、黄、紅、藍、緑の五色、それに白を加えて使うのは六色だ。見本を残しているので、それを参考にしながら毎回同じ色に仕上げる。とくに気を遣うのは咲五郎の紫だ。少しでも色味が違うと、市村座が黙っていない。

染めた煉り切り生地を小萩と留助が上にのせる丸い玉にする。大福はまん丸だったが、あこやは楕円である。指の熱が伝わると生地が劣化するので、手早く、しかも正確に同じきれいな形に整える。伊佐と徹次は土台を担当する。

舟形にしてへこみに玉をのせ、片端をひょいと伸ばす。

すっきりとして粋な姿なのが、牡丹堂ならではだ。

須美は番重に並べ、箱に詰める。清吉は掛け紙をかける。

大福は多少形がくずれても「ご愛敬」だったが、生菓子はそうはいかない。端正な姿、なめらかな舌触り、やわらかな余韻を残す甘味が身上だ。指先に神経を集め、集中し続ける。

つくり終えて朝餉の膳に向かうころには、小萩はすでに一日の仕事が終わったような気になってしまう。

その日も、ようやく朝餉になった。

「おお、いい匂いだなぁ。腹にしみるよ」

留助が元気な声をあげ、鼻をひくひくとさせた。

「今日はわかめと揚げのお味噌汁、身欠きにしんの煮物とかぼちゃの煮物、ぬかづけです」

「おお、身欠きにしんか、それはいいなぁ」

徹次が相好をくずす。

伊佐も幹太も清吉もすきっ腹を抱えているから、白飯を前にして顔がほころんでいる。

小萩は須美とともに給仕をしていた。

「なんだ、おはぎ、元気がないぞ。どうしたんだよ」

幹太が声をあげた。

「お腹が空きすぎているんです」

「おお、悪かったな。給仕もするから大変なんだな」

徹次が申し訳なさそうな顔をする。

しかし、膳の前に座ってご飯を一口食べたら、急に気分が悪くなった。それでも、無理してなんとか食べた。

台所で片付けをしていると、伊佐がやって来た。

「疲れているようだから少し休めって、親方が言ってくれたよ」

「そうよ。小萩さん、無理しちゃだめよ。そこで少し横になったら」

須美も心配した。小萩は半時《はんとき》（約一時間）ほど、休ませてもらった。

三

久しぶりに花絵が牡丹堂にやって来た。しかも、ご亭主の昌太郎といっしょである。

「まぁ、お二人お揃いで。いつもありがとうございます。今日はなんにいたしましょう」

小萩は笑みを浮かべて迎えた。

薄化粧をし、淡い藤色の着物の花絵はかわいらしかった。

「昌太郎さんのお友達をたずねるので、手土産を買いにきたんです。ねぇ、昌太郎さん、なにがいいかしら」

花絵は隣の昌太郎を見上げる。

壁には最中や名代大福などとともに「咲五郎の阿古屋」と書いた紙が貼ってあるが、そのことには触れない。

「そうだなぁ。最中もいいし、生菓子もきれいだ。だけど私は菓子のことはよく分からないから、花絵が選びなさい」

下がり眉のやや受け口の昌太郎はやさしい声で花絵に応える。

真面目で誠実そうな人だ。お似合いの二人に見える。

けれど、二人にはひみつがあるのだ。

小萩は複雑な思いでながめた。

「生菓子もとりそろえてございますよ」

須美が生菓子を入れた木箱の蓋をとった。そこには「咲五郎の阿古屋」は入っていない。

「そうねぇ、それなら……」

花絵が選び出した。

そのとき、慌ただしく足音がして膳由の番頭があわてた様子でやって来た。

「旦那様。今、知らせが入ったのですけれど……」

なにか耳打ちする。律と光という名前が聞こえたような気がしたのは、小萩の思い込みか。

昌太郎の眉根が寄った。花絵は体を固くした。小萩は息をのむ。須美はうつむいた。

「ああ、悪いなぁ。花絵、私はちょっと用事ができたんだ。……だから、そのぉ、今日はお客には行かれない。先方へは番頭に断ってもらうから、お前は先に家に戻ってもらえないかな」

おだやかな落ち着いた声で言う。

「なにがあったんですか」

花絵も静かに聞き返す。口元には笑みが浮かんでいるが、目は笑っていない。

「うん……。いや……」

言葉を濁す昌太郎の腕を花絵がつかみ、再度たずねる。

「なにがあったんですか」

「……子供が熱を出して」

それだけ言うと昌太郎はくるりと花絵に背を向け、足早に見世を出て行った。

突き放された。

その後ろ姿を花絵はただ黙って見ている。

なにか言わなければ。

小萩は思った。

そのとき須美が叫んだ。

「追いかけてください。向こうの家にひとりで行かせてはだめ。ご亭主を手放したくないのなら、あなたが、今、行かないとだめ」

はっとして花絵は一歩を踏み出し、けれどその足が止まった。困ったように小萩たちを振り返る。

小萩が花絵の腕をとった。

「私も行きます。だから、いっしょに」

花絵が小さくうなずいた。

小萩と花絵ははるか先を行く昌太郎の背中を追っている。昌太郎は松島神社脇の律の家をめざしている。長身の昌太郎の足は速く、その背中はどんどん小さくなった。

花絵はなにも言わない。

歯を食いしばり、ひたすら前に進む。

松島神社の脇の律の家に着いた。

朝顔の鉢をながめると、花絵は大きく息を吸った。覚悟を決めたように背筋を伸ばし、訪った。

「失礼をいたします。膳由の家のものです」

案内を待たず家にあがる。小萩も後に続いた。ずんずんと中に進むと奥の座敷の小さな布団に娘の光が寝ていた。

熱があるのだろう。頰を染め、荒い息をしていた。

「おい。花絵、どうしたんだ」

昌太郎がぎょっとしたように花絵を見た。律が腰を浮かし、花絵と小萩を見つめる。

「先日は失礼をいたしました。昌太郎の家内です。ぶしつけをお許しください。お嬢さんは見たところかなりお熱が高いようですが、お医者さまはなんとおっしゃっていましたか？　わたくしは医者の娘ですから、多少のお役に立てるかと思います」

花絵はまっすぐ律の目を見てたずねた。勢いに押されたように律が答えた。

「先ほど、近所の方に聞いてもらったのですが、あいにく往診に出ているそうで、まだ連絡がとれません。ここに移って来て間がないし、ふだんは元気な子なのでお医者さまを知らなくて」

「それなら、うちでお願いしている昭庵《しょうあん》先生に来ていただきましょう。昌太郎さんも、よく知っている先生です。一石橋《いっこく》の近くですからここからもそこまで遠くないですし、あちらは大先生と若先生のお二人がいらっしゃるので、どちらかには来ていただけます。お使いの方は出せますか」

「ええ……。たぶん……」

「でしたら、すぐに使いを出してください。日本橋の膳由の者だと言ったら分かりますから」

「私がまいりましょうか」

腰をあげようとした小萩を花絵は「あなたはここにわたくしといっしょにいてください」と制す。財布を取り出し、金を包んで律に手渡した。

「早く使いを。お子さんの熱は一刻を争うことがあるんですよ」

はじかれたように律は立ち上がり、隣に頼みに行った。

昌太郎は呆然として花絵と律のやり取りをながめていた。

こんな風に堂々として、てきぱきと物事を運ぶ花絵を小萩は初めて見た。律のほうがおろおろとして、どうしていいのか分からないというありさまだ。

律が戻って来ると、花絵は言った。

「先ほどもお伝えしましたように、わたくしは医者の娘です。長年、父の診療の様子を見てまいりましたから、多少の心得はございます。お医者さまがいらっしゃるまでに必要なことをいたしましょう。では、失礼いたします」

寝ている光の傍に寄った。

「熱が出たのはいつからですか？　吐いたりしていますか」

律の答えを聞きながら、額に手をおき、耳の下のはれやまぶたの裏の色を見る。

「汗をかいていますから寝巻を着替えさせてください。それから白湯も。飲まないようだったら、唇をしめらせるだけでもかまいません」

律が光の世話にかかると、花絵と小萩は隣の部屋に移った。

昌太郎もやって来て言った。

「お前が来てくれてよかったよ。こういうとき、男は案外、役に立たないものだね」

花絵の顔がくいとあがった。ぐっと腹に力を入れたのが分かった。

「男じゃなくて、『男親』とおっしゃりたかったのではないのですか」

昌太郎の顔が青くなった。低い声で答えた。

「いや……、そうじゃない。律さんは私の親友のお内儀だ。ほら、お前も知っているだろう。友之進《とものしん》、以前、正月に来たことがあったじゃないか。剣道場で一緒だった男だ。半年前にあいつが急死して、残されたのがあの子だ」

「それは、いつのお正月のことでしょうか。わたくしはお目にかかったことがないと思います」

花絵は短く答えた。

沈黙があった。

「黙っていてすまなかった。律さんのご両親は遠方にいて、頼る人もないから……、気の毒だと思って手を貸していたんだ。いや、断じてやましいことはない。本当だ」

また沈黙。

「その言葉、信じます。昌太郎さんはおやさしい方ですから」

花絵はぞっとするほど、おだやかな声で答えた。

それなら、なぜ今まで律の存在を教えてくれなかったのだ。

七五三の着物を用意したのは、どういう訳か。父親代わりになるつもりだったのか。

聞きたいことはたくさんあるに違いない。だが、花絵はそれ以上追及するようなことはしなかった。ただ静かに座っている。

「苦しいの？　もうすぐお医者さまがいらっしゃるからね。お水も飲もうか」

隣の部屋からは律が光に話しかける低い声が響いて来た。それは母親の声だった。昌太郎はこちらの部屋にいる。父親の顔はしていなかった。

医者が到着したのを機に花絵と昌太郎、小萩は律のもとを辞した。

西の空は赤く染まり、気持ちのいい風が吹いていた。

花絵は明るい目をしていた。

終わったのだ。

小萩はほっと息を吐いた。

牡丹堂に戻ると、須美が台所から走り出て来た。

「お子さんの様子はどうでした？　花絵さんは？」

「それが花絵さんはすごいの。堂々としてとても立派だった。向こうの人に向かって言ったの」

――昌太郎の家内です。

「お芝居を観ているようだった」

そう言ったとき、目の前がちかちかと光った。空がぐるぐると回っている。すうっと体の力が抜けた。

気づくと額に手ぬぐいをのせて座敷で横になっていた。

「小萩、大丈夫か」

伊佐の顔が見えた。

「うん。ちょっと疲れただけ。お腹が空き過ぎていたのかもしれない。ほら、朝もちゃんと食べなかったし……」

「須美さんが言っていた。おめでたじゃないのかって」

伊佐は照れたような困ったような顔で言った。

「そうかなあ。そうだったらいいけど」

小萩も首を傾げた。自分のことなのに実感が持てない。

だから小萩は伊佐には他言しないように頼み、いつも通りに過ごした。

そうしたら、隠居所のお福に呼ばれた。

「須美さんから聞いたけど、小萩はおめでたなんじゃないのかい」

「そうかもしれないけれど……、自分ではよく分からないです」

「いや。間違いない。あんたの顔つきが変わった。あたしの目に狂いはないよ」

お福は自信を持って断言する。

「ははは。お福の見立てがあたるといいなぁ。まぁ、体を大事にしろよ」

弥兵衛がうれしそうな顔になる。

牡丹堂に戻ってこっそり伊佐にだけ伝えた。しばらくは「かもしれない」ということにしておきたかったのに、気がついたら全員が期待するところとなった。

「無理するな。疲れたら遠慮なく休むんだぞ」

徹次がやさしい顔で言った。

「重い物は持つな。洗い物は俺にまかせろ」

幹太が白い歯を見せて笑う。

留助はさっそく伊佐の傍らに来て先輩面をした。

「よくやった伊佐。最初は分からないことだらけで俺も苦労したんだ。なんでも相談してくれ」

清吉は「いつ、生まれるの？　おいらもお世話をするからね」と約束した。

「そんな気がしていたのよ。もしかして、あこやのおかげかしらねぇ」

須美が小萩の手をそっと握った。

「いえ、まだ、はっきりとは分かりませんから。ただの食べ過ぎかもしれないんです」

小萩は本当だったらいいなという気持ちと、見立て違いになったら申し訳ないという思いの間で揺れて、つい弁解がましくなる。

実家の鎌倉の家に報せるなど、とんでもない。大騒ぎになるのは目に見えているから間違いないと分かってからだ。

そもそも、自分のような未熟者が母親になってよいのだろうか。小萩が思う母親というのはどしんと肚が据わって、賢いものだ。その点ではまったく自信が持てない。

それは伊佐も同じ気持ちらしい。

「俺は親父と早く別れたからなぁ。父親っていうのがよく分からないよ」

ふと心配そうな顔を見せる。

そんなことを留助の前で言ったら大説教をくらいそうなので、二人とも口には出さないが。

何日かして花絵がやって来た。

奥の三畳に座った花絵は明るい目をして言った。大輪の菊の刺繡の帯がよく似合っている。

「昌太郎さんがお前があんなにしっかり者だとは知らなかったって言うのよ。だから、あたしは『あなたがおやさしくて、なんでもやってくださるから、あたし、頼り切ってしまったんだわ』って答えた」

ふふと笑った。いつもの、ふわふわとした花絵に戻っていた。

「花絵さんは診察も心得ていらっしゃるんですね。びっくりしました」

小萩が言うと、花絵は鼻にしわを寄せた。

「あれは真似事よ。医者じゃないんだから、診察なんかできないわ。子供が熱を出したときに父が言っていたことを思い出しただけ。本当のところは胸がどきどきしてた。いい加減なことをするなって怒られたらどうしようかと思って。小萩さんがそばにいてくださって本当に心強かったわ」

「私はなんにもしていませんよ。おとなしく座っていただけです」

「それで十分。ほら、あの日、須美さんに言われたでしょ」

――追いかけてください。向こうの家にひとりで行かせてはだめ。

「ああ、ここが正念場なんだなって気づいた。だから、本妻の意地を見せてやろうって、はったりをかませたのよ。猿だってらっきょうの皮を最後までむくんでしょ。怖がって途中でひるんだら、猿にも劣るわ」

きらきらと目を輝かせてきっぱりと言った。自信にあふれた顔をしている。

「それでこそ、花絵さんです」

小萩は尊敬の目で花絵を見た。

「向こうの家のことはお舅さん、お姑さんにも伝わったの。昌太郎さんが『亡くなった親友の家族だから力になりたかっただけだ。隠していた訳じゃないけれど、花絵が気をもむと思って言い出せなかった』なんて妙な言い訳をするもんだから、お舅さんが怒った」

――気まぐれによその子をかわいがるのは、先方にも申し訳ない。これきりにしなさい。

「だから、もう、本当に終わったのよ」

花絵はおだやかな顔つきをした。そこまで言ってもらえるのは、花絵が舅や姑にかわいがられているからだろう。

そのとき、須美が茶を運んで来た。菓子皿にはうさぎの薯蕷饅頭がのっている。花絵はちらりと眺めて言った。

「お願いがあるの。あたしは『咲五郎の阿古屋』が食べたいわ。あれは絶品ですもの」

「まぁ、そうですか。失礼しました。今、お持ちします」

須美はすぐに三色のあこやを運んで来た。

咲五郎好みの紫と黄。それに紅と白、緑と青の組み合わせだ。

「きれいな色ねぇ」

花絵は目を細めた。

「そういえば、あこやって真珠貝のことだったのね」

小萩はなにを今さらと思った。

「ですから、中に真珠にみたてた白小豆の甘煮が入っています」

「あら、それが真珠？　へぇ、そうだったの。あたし、真珠は背中にのっている丸い玉のほうかと思っていたわ。だって、これ、柄杓に真珠をのせた形でしょ？」

「いえ、そういうわけじゃなくて。一応、貝の形になっているんです」

「いやだ、そうは見えないわよ。どう見ても柄杓に真珠をのせた形よぉ。真珠にしちゃ、ずいぶん大きいけど」

花絵はころころと笑った。

須美が噴き出し、小萩も声をあげて笑い出した。

芝居を観にいって居眠りし、縁日に行って姑とはぐれ、知らない見世で高い品物を売りつけられそうになる、いつものかわいらしい花絵だった。

「あたし分かったの。子供がいても、いなくても、幸せな人は幸せだし、そうでない人はそうでないの」

花絵は居住まいを正した。

「先日はご心配をおかけしました。昌太郎さんとはこれからも仲良く暮らしていきます。

ありがとうございました」

「おめでとうございます」

小萩は頭を下げた。

「ねぇ、この場合もおめでとうございますなの？」

花絵がたずねる。

「分かりませんけれど、なんだか、そういう感じかなって思って」

「そうね。それで、お礼にらっきょう漬けを持って来たのよ。受け取ってくださいませ」

風呂敷包みをひらくと、大きな壺が現れた。中にはたくさんのらっきょうが入っていることだろう。

三人はまた顔を見合わせて笑った。

光文社文庫

文庫書下ろし

にぎやかな星空《ほしぞら》　日本橋牡丹堂《にほんばしぼたんどう》　菓子《かし》ばなし(十三)

著 者　中《なか》　島《しま》　久《ひさ》　枝《え》

2024年11月20日　初版1刷発行

発行者　三　宅　貴　久
印　刷　萩　原　印　刷
製　本　ナショナル製本

発行所　株式会社 光　文　社
〒112-8011　東京都文京区音羽1-16-6
電話 (03)5395-8147　編 集 部
8116　書籍販売部
8125　制 作 部

落丁本・乱丁本は制作部にご連絡くだされば、お取替えいたします。
ISBN978-4-334-10501-3　Printed in Japan

組版　萩原印刷

光文社時代小説文庫　好評既刊

夫婦からくり　中島要
神奈川宿雷屋　中島要
裏切老中　早見俊
隠密道中　早見俊
陰謀奉行　早見俊
唐渡り花　早見俊
心の一方　早見俊
偽の仇討　早見俊
踊る小判　早見俊
お蔭騒動　早見俊
鵺退治の宴　早見俊
老中成敗　早見俊
正雪の埋蔵金　藤井邦夫
出入物吟味人　藤井邦夫
阿修羅の微笑　藤井邦夫
将軍家の血筋　藤井邦夫
陽炎の符牒　藤井邦夫

忍び狂乱　藤井邦夫
赤い珊瑚玉　藤井邦夫
神隠しの少女　藤井邦夫
冥府からの刺客　藤井邦夫
無惨なり　藤井邦夫
白浪五人女　藤井邦夫
無駄死に　藤井邦夫
影忍び　藤井邦夫
影武者　藤井邦夫
決闘・柳森稲荷　藤井邦夫
はぐれ狩り　藤井邦夫
百鬼夜行　藤井邦夫
大名強奪　藤井邦夫
碁石金　藤井邦夫
白い霧　藤原緋沙子
桜雨　藤原緋沙子
密命　藤原緋沙子

光文社文庫最新刊

後宮女官の事件簿㈢　雪の章　藍川竜樹《あいかわたつき》

陽炎の剣　徒目付勘兵衛　鈴木英治

女院の密命　緋桜左膳よろず屋草紙㈠　篠　綾子

にぎやかな星空　日本橋牡丹堂　菓子ばなし㈩㈢　中島久枝

秩父忍び　日暮左近事件帖　藤井邦夫

石礫《せきれき》　機捜235　今野　敏